當 love

傷心落下，

讓我為你 went is

That 撐傘

目錄
CONTENTS

聆聽花開的聲音

――――――

CHAPTER 01

原來花不一定代表愛情，還可能是背叛與不忠，
是男人哄騙女人的幫凶。
她慢慢明白為什麼花和愛情總如影隨形，
因為它們都一樣脆弱，一樣容易死去。

她不喜歡花，怕花在她手上凋零。

每天上班，她都會路經那家花店，花店門口那只半人高的大瓷瓶裡總會插上一大束花，偶爾放的花特別些，李湘芝會禁不住駐足觀賞半晌，但她從不曾想過進去買個幾株。

『再妍麗、再耐久的花終也會褪盡繽紛，成了枯枝爛泥。』她痛惡那種死亡的感覺。

她並不是一開始就討厭花的。沒有女人不愛花，不只因為它的美麗，更因為它代表了愛情，女人迷戀花兒和渴望愛情的心情，是很相近的。

李湘芝第一次收到的花，是一份渴慕。是隔壁班那個叫田真倉的男孩送的。她會注意到田真倉，是因為他總比她早到，寂然的校園、無人的教室，田真倉常常倚在門邊，睜睜望著李湘芝從眼前翩然走過。李湘芝對田真倉的印象僅只於此，像她這般總是代表學校參加各種比賽的風雲人物，根本看不上田真倉這種平凡的無名小卒。

　　不凡、出色，是李湘芝心中白馬王子的絕對要件，她告訴自己，一流的女孩只有一流的男人配得上，而田真倉，只夠得上三流。一直到很久很久以後，她才懂得一件事：一流的男女未必是一流的搭配，外在的條件不是幸福的通關卡。

　　畢業典禮前夕的某個早上，田真倉擋住了她的去路，負在身後的手掠出一束黃菊花。李湘芝先是一陣錯愕，隨即恢復漠然冷淡：

　　『不要！』

　　她驕傲地旋身踱開，宛如一個脾睨天下的女皇，她走過那一束燦黃，走過了田真倉，也走過了心高氣傲的年少。

　　那個送花的男孩，甚至沒有在她的心湖中勾起一絲漣漪。

第一個在李湘芝心中興風作浪的男人，卻來不及送花給她。

『記得明天是什麼日子嗎？』她勾著正在攻讀碩士的男友宋展理的手臂，嬌聲問。

『記得，妳已經提醒我幾百次了。放心，我不會忘的。』

宋展理什麼都好，優秀聰明又才華洋溢，唯一的缺點就是血液中少了『浪漫』這個因子，尤其一忙起他的化學實驗就什麼都拋到九霄雲外，李湘芝只好從認識週年紀念日的前幾天開始『倒數計時』，反覆對宋展理耳提面命。她其實希望宋展理能自動自發給她一個驚喜，但四年交往下來，她學會了不去做這種奢想，『驚』和『喜』之間，她只能選擇一者。

她沒收到宋展理的花！花在花店門口被來往如梭的車輛和圍觀的人群、員警踩踏成泣血的殘花敗葉。

『他急沖沖進來買了花，就急沖沖衝了出去，結果在門口被這輛砂石車撞到⋯⋯』花店老闆驚悸猶存地對員警說。

李湘芝小心翼翼地取下宋展理手中緊握著的那枝染了血的百

合，然後，日日夜夜把眼淚涓流成花瓣上晶瑩的露珠，濕了又乾，乾了又濕。

對李湘芝來說，花代表愛情，也代表了別離。宋展理死了，她以為自己的心會像那些花一樣永遠凋謝、散落，她忘了花瓣落在土裡，可以化做春泥，只等下一個季節來臨，枝椏自然會再抽出新芽。

花謝了，會再開，愛的能源是可以生生不息的。

『只有花花公子才會不停送花，用花來收買女人。』李湘芝對著話筒說，她的辦公桌前是滿滿的花海。

『我不是「花花」公子，我送花是因為女人是水做的，而花離不開水。』叫方羽揚的男人說。

方羽揚是個一流的男人，事業有成、風度翩翩；他也是個愛送花的男人，追求李湘芝的初期，他幾乎天天叫人送來一束花，尤其喜歡送色澤鮮豔、香味馥郁的花。

每晚，李湘芝取下一片花瓣壓在筆記本裡，用花寫日記。紅

玫瑰是方羽揚的熱情，他會在鬧區的街道上旁若無人地大喊十幾聲：『李湘芝，我愛妳！』叫得路人以為他們在拍戲；華麗氣派的大理花，則是他狂愛的表達，夜遊在淡水河畔，煙波江上、燈火點點，方羽揚遽然揪住她的手：

　　『我愛妳，我可以為妳跳河。』

　　『別鬧了，河水這麼冰，你會凍死的。』

　　『我說的是真的，妳不信？』

　　方羽揚噗通一聲躍進淡水河。李湘芝流著淚，看他爬上岸顫抖地對著她笑。

　　只是，方羽揚強烈的佔有慾，更是像極了跋扈猖狂的天堂鳥。李湘芝剛到新公司上班，同事們為她辦了迎新餐會，酒酣耳熱之際，一位不拘小節的男同事玩笑地把手搭上她的肩，正巧被前來接她的方羽揚撞見，方羽揚不分青紅皂白撲上去，對那位男同事便是一陣揮拳……

　　嫉妒不一定是愛，但愛的裡面一定有嫉妒的成分，李湘芝相信，方羽揚是愛她的。如果那個情人節，花店沒有弄錯，她也許

還可以這樣一直相信下去。

『哇！好棒喔，是男朋友送的？』總機小姐的歡呼引來公司同事的注目。

李湘芝幸福地捧著方羽揚叫花店送來的九百九十九朵玫瑰。

『要是有人肯送我這麼多花，我死也無憾了。』

『我男朋友要是這麼凱，我早就嫁他了。』女同事們嘰嘰喳喳不停。

李湘芝在眾人豔羨中，燦然返回座位。踩在雲端的快樂，卻在瞬間跟著卡片裡的名字跌落深淵，『親愛的麗盈⋯⋯』

麗盈是誰？

打電話到花店查到了另一捧九百九十九朵玫瑰，是送到方羽揚公司的管理部廖麗盈。李湘芝跟蹤了方羽揚，眼見他走出公司和捧著花的女人一道步進君悅飯店，共用燭光晚餐。方羽揚說情人節當晚必須接待外國客戶，所以和李湘芝提前一晚慶祝。原來⋯⋯

李湘芝坐在車上，將一片一片紅灩灩的玫瑰花瓣送入口中。

原來，花不一定代表愛情，也不全是別離，它還可能是背叛與不忠，是男人哄騙女人的幫兇。

她提出了分手，方羽揚並沒有多作挽留。當初可以為她生、為她死、為她寒冬跳河，一旦不愛了，竟連多看她一眼都嫌多餘。是男人的絕情。

『最狂烈的愛，終究以最大的冷漠收場。』

她想起了莎士比亞的這句話。方羽揚的冷漠比他的背叛，更刺傷了李湘芝。

她慢慢明白，為什麼花和愛情總如影隨形，因為它們都一樣脆弱，一樣容易死去。

『妳可以把花倒吊起來，做成乾燥花，就可以永久保存了。』有人這樣建議她。

李湘芝輕笑著搖了搖頭。那種徒留軀體、沒有生命的乾燥花，就像一些走到盡頭卻仍不肯捨去的愛情一樣，索然無味；至於塑膠花，則像是自欺欺人的愛情，假裝天長地久、假裝彼此還深愛著對方，虛偽的永恆，是愛情的贗品。

她唯一慶幸的是，那家她每天非得經過的花店沒有這些令人倒足胃口的假花。

　　她終於還是走進了那家花店，為了買束花送給第一次上臺表演的朋友。

　　『嗨，妳好嗎？』花店老闆的聲音有些顫抖，對李湘芝的光臨似乎過度興奮。

　　『嗯，呃，謝謝！我想買一束花。』

　　『不要是黃菊花？』老闆唐突地問。

　　『什麼？』

　　老闆像打啞謎般又轉了話題，『長興中學，三年二班。』

　　『啊，你是……』李湘芝驚叫出聲。

　　老闆走到花叢裡，擎起一把黃菊花。

　　『你是那個田什麼的，對不對？』

　　她竟連他的名字都記不全，男人用寬諒的微笑遮掩失望與難堪。也難怪李湘芝會不記得他，明月總是忽略了星星的存在，只是，星星卻忘不了月兒的璨亮，李湘芝，一直是田真倉心中的那

輪皎月,自從半年多前發現落地窗外李湘芝的身影,守著窗口守著她每日的路過、偶爾的駐足,便成了田真倉生命中的大事。

李湘芝似乎對門口那只大瓷瓶特別青睞,於是,田真倉開始嘗試藉那瓶花來傳遞他的心情。含蓄的紫茉莉,訴說的是他年少時的膽怯,高中三年,他常跑到籃球場上打球,因為只有那裡可以清楚看見教室裡的李湘芝。耐久不易凋落的星辰花,是他永不改變的初心,上大學後談過幾場戀愛卻總無疾而終,後來才發覺他喜歡過的女人都有點像李湘芝,有的笑起來像她,有的眼睛像她,還有一位只因穿了一件李湘芝也曾穿過的水藍長裙。

尋找影子、尋找替代的愛,卻讓李湘芝在他心中更無可替代。

『不要!』

當年她那麼不留情地回絕了他,他應該恨她的,可是,他竟然連恨她都捨不得。

幾個月前的一天,他瞥見李湘芝和一名看來十分體面的男人親暱地走過落地窗,翌日,大瓷瓶裡的三色堇,是他泣血的心。

『你聽過三色堇的故事嗎?』曾經,一位他交往過的女孩問他。

『我知道這花又叫鬼臉花，該不是鬼故事吧？』

女孩笑著搖頭，『希臘神話中說到，愛神邱比特有一回誤射了白菫花，受了傷的白菫花因劇痛而流淚、流血不止，當血和淚流乾後，傷口處便成了藍、黃、白三種顏色，這就是我們現在看到的三色菫。』

田真倉沒想到多年前那顆被邱比特誤射了的心，乾涸後再次剝弄傷口，依舊是慄人的紅。

紫茉莉、星辰花、三色菫……門口的花，是門內人的心情，只可惜，門外的過客顯然不解花語。

『這是妳要的花。』

『呃，多少錢？』李湘芝被手上那麼大束的花嚇了一大跳。

『不用了。』

『這怎麼行？這麼大一束。』

『不然這樣好了，』田真倉熟練地唸出那句在他心中反芻已久的話，『明晚賞光一道吃個飯，如何？』

『明晚不行，後天吧！』

　　餐廳裡，兩人愉快地用著餐，當年在學校並無交集、也無交情，卻在睽別七、八年後反而能像熟稔的朋友般閒話家常。年少輕狂、荒唐過往，而今盡付笑談中。

　　『當初你怎麼會想到送我黃菊花呢？』

　　『玫瑰太熱情了，菊是花中君子，而且清麗高雅，我想，送妳應該很合適。』

　　『我以為黃菊花只有掃墓或祭拜時才會用到呢。』李湘芝大笑起來，『我就在想我又還沒死，你幹嘛拿菊花來祭拜我呀？』

　　『就是這樣，妳才拒絕我？』田真倉緊張地問，一顆懸宕多年的心總算塵埃落定，原來她的拒絕不是因為他，而是因為花。

　　『你說呢？』

　　李湘芝不置可否地一語帶過，沒有告訴他：有些女人不肯接受花，是因為不肯接受送花人的情。

　　不過，誰也無法預料，送錯花的人後來竟成了賣花的人。

　　『我常戲稱自己是「花癡」，以前是對花白癡，現在是為花癡狂。』他說，他在郊區有一片花圃，種花也種木本生植物盆栽，

以供應他在臺北幾家花店的花。他沒說出口的是，他這半年多來老守在這家分店，全為了李湘芝，為了等待那麼一天，她會走進來，與他重逢。

那次餐敘過後，田真倉常守在花店門口修整花束，待李湘芝經過時匆匆一句問候，就像當年那個慘綠少年守候隔壁班的女生一般。有時，他會邀李湘芝進來喝杯咖啡，這天，他掬取一把盛綻的愛麗絲送她拿回家插，她笑著婉拒了。

『花很漂亮，可是過幾天就凋謝了，我不像林黛玉那麼多情還去葬花。處理花的屍體，對我來說，太沈重了。』

『那盆栽呢？』

『不，我是植物殺手，不會照料它，只會害植物提早壽終正寢。』

田真倉啜口咖啡，思索片刻，『不如這樣吧，門口那只大瓷瓶就當是妳專屬的花瓶，我來負責替妳照料花瓶裡的花，妳負責每天一早來看看它，它就當做妳認養的好了。』

『認養？』

『當然妳不必付錢，如果有人買，我也會把花賣掉，但是，

妳必須是第一個看它的人。』

　『只聽過認養小動物或飢民，還有認養花這種事嗎？』

　李湘芝笑著應允這樁有趣得近乎荒謬的提議，而且遵守約定每天上班前一定來探視『她的花』。透過田真倉的解說，她認識了不少花的種類和涵意，偶爾，她會想，宋展理應該是李清照詞中『何須淺碧輕紅色，自是花中第一流』的桂花，縱使枯萎飄零了，清雅的幽香仍持久不褪，不斷在她的記憶中蕩氣迴腸，而象徵『危險邊緣快樂』的夜來香，則是方羽揚，那麼濃烈的香味，肆無忌憚侵略人的感官，霸氣驕傲而危險。

　至於田真倉，可以說是向日葵吧。向日葵癡癡追逐著太陽，而他苦苦戀著李湘芝，執著專注卻不咄咄逼人。

　古人愛以花比擬女人，其實，男人也可以是花。

　約定，仍在持續進行中。

　這一天，雨綿綿地落著，李湘芝仍一如往常走近花店，卻瞅見瓷瓶上架起了大大的籐架，有代表『忠實和永恆』的紫羅蘭，

『有你在，我就安心』是紫牽牛的話，而紫紅色的醉蝶花，她記得田真倉曾告訴過她，這種美得教春風和蝴蝶都癡醉的花兒，它的花語是：『妳讓我深深陶醉』。

　　在一大片淺紫深紫排列的花叢中，燦豔地交錯著一朵朵火紅的鬱金香。大約一、兩週前，田真倉也曾經在瓷瓶中插上紫色和紅色的鬱金香。『我知道，在歐美，鬱金香被視為勝利和美滿的象徵。』不待田真倉說明，她便搶著說。

　　『不錯，有做功課哦！』田真倉讚許道。

　　『可是，怎麼沒有黃色和白色鬱金香呢？』

　　『黃色代表沒希望的愛情，而白鬱金香象徵失戀，都太觸我霉頭了，我不喜歡。』

　　李湘芝避開他意有所指的目光，『那紫色跟紅色呢？』

　　『紫色鬱金香代表永遠不滅的愛，而紅色是愛的告白。』田真倉的聲音柔得可以擰出水來，『古代伊朗男士向愛人求婚時，會帶著盛開的紅鬱金香，表示自己是如此心急如焚，十分企盼佳人的首肯。這是求愛的花。』

　　田真倉說過，這是求婚、求愛的花。

　　雨，還在李湘芝身後綿綿地下著，她將視線自花架往上移，正好與落地窗裡的田真倉四目相觸，他的眼神、他看著她的眼神，是紅鬱金香般的炙烈如火，彷彿要將整個世界燃燒了起來，他的左手平放在玻璃上，掌心有只戒指。

　　今天，他為什麼不出來向她解說花的故事呢？

　　李湘芝又把視線移回花架，怔忡了幾秒，她——看出來了！看出紅色鬱金香排列著的六個英文字母：S、A、Y、Y、E、S。

　　Say yes ！

　　李湘芝仰起臉來，緊盯著田真倉，然後，墊起足尖，把右手貼上了玻璃內，他的手。

　　在百花的見證中。

　　李湘芝穿梭在一望無際的花圃裡，細心照料著每一株花。因為田真倉，她領悟到：真正愛花的人，才是有情人。

　　她喜歡花，因為花謝了，明年還會再開。

今夜新宿不下雪

——

CHAPTER 02

黑天絨的夜空無聲地傾下一顆顆小雪球，

霍地，一片、兩片、三片……

玫瑰花瓣飄落了下來，

然後，她又看到那張熟悉的面容。

她仰著頭，任瞪雪像墜殞的星子般灑在臉上。

新宿車站前，熙來攘往的人群彷彿只是無聲的背景。

雪，只有雪，真實地存在著。

那年，跨年夜，她也是這樣佇立在站前的廣場，仰首，淚眼看著銀白的雪花紛飛……飄舞……舞成了湛紅的玫瑰花瓣……

『花，我的花！』

花束從仆跌在地的男人手中飛落，散成雪雨中的絕豔。男人爛醉著掙扎起身，踉蹌地在空中胡抓亂撲，試圖抓住飄零的落

花。那麼悲切、那麼惶恐，好像遺落的是什麼稀世珍寶。

『喏，給你！』她把手上那束花遞給眼前的陌生人。

『給我？』

『你拿去吧，反正，我也不需要它。』

她不需要這束花，正如她不需要一份殘缺的感情一樣。拖了三年，為什麼直到今夜才明白守著無望的愛竟是這般磨人？她早就知道三浦教授有一個人人稱羨的幸福家庭，卻仍甘心在那個風雨肆虐的夜裡把自己交給了三浦，甘心在畢業後放棄回台灣接受更好的工作，甘心離鄉背井屈就三浦的研究助理、和地下情人──只為了，守住這份刻骨銘心的溫存。

終於，終於還是得承認自己高估了愛情的無私。下午，透過百貨公司的櫥窗，她無意間瞥見三浦和太太恩愛購物的畫面，晚上，當三浦只能以一束花來彌補無法陪她的內疚時，她才恍然明白：她想要的，其實比自己以為的還多。

『你答應過今年跨年要陪我去神社夜間參拜的。』

『乖，我的小女孩！』三浦握住她擱在桌上的手，『我今晚

一定得回家，老大涼介要帶他的女朋友來。』

　　她緊咬住下唇，半晌，『那麼，至少陪我吃完這頓飯。』

　　『這……好吧！』

　　三浦急躁地喚來餐廳侍者。還沒上到主菜，他就看了十餘次的錶。

　　『對不起，我真的得走了，妳繼續吃。乖，我答應妳，明天一定抽空來陪妳。』

　　『不要，我不准你走！你敢走，我們就一刀兩斷。』她氣急地撂下狠話。

　　『乖，別鬧小孩脾氣了，嗯？』三浦投給她歉然的一瞥，轉身匆忙離席。

　　三浦愛她，可以給她全世界，只除了名分；三浦也愛那個家，縱然失去全世界，也絕不會放棄他的婚姻。愛，對女人是『是非題』，對男人卻可以是『複選題』。

　　到底是男人太貪心，還是女人太笨呢？她常在想。

　　鄰座男女的歡笑聲，一波波恣肆襲來，抓起花，她倉皇地奔

出餐廳、投入喧囂的街道，手上的花，像在微弱地向別人宣告著
她並不孤單。

　　孤單的，不只她，還有那個醉酒的男人。

　　『謝謝！』男人一瞬不瞬地盯著她，木然接過花。

　　她笑了，幽幽惻惻地。也好，不該自己的，多留也無用。

　　驀地，男人抬起頭：

　　『啊，雪停了。』

　　『是的，雪，停了。』

　　她和那個陌生男人並肩站在新宿車站前，仰望著潑墨般的星
空。

　　當愛變成腫瘤時，割或不割，都是痛苦。

　　真的割捨得了那段糾纏五載的畸戀，是連自己也不敢相信的
勇氣。她留下字條，提了簡單的行李，悄然搬離了三浦為她買的
小公寓。

　　以外國人的身分覓職，遠比她想像中困難，一個多月了，依

然毫無斬獲。她坐在麥當勞靠窗的座位，沮喪地瀏覽求職 APP 上的廣告。

　　『剝！剝！』一陣敲玻璃的聲音。

　　窗外，一張似曾相識的男人面孔，溢著狂喜。在男人穿過大門向她走來的空檔，她還是沒有想起他是誰。

　　『謝謝妳跨年夜送我的花。』

　　『啊！是你？』

　　她的驚愕有些反應過度，但眼前這位打扮入時的雅痞，著實教人很難與那天的邋遢醉漢聯想一起。

　　『我叫曾根次郎。』

　　曾根像遇見了熟識多年的朋友般，逕自落了座，得知她正在找工作，便一口邀她到他的室內設計工作室去。

　　『做些文書資料處理，但薪水不高哦。』

　　『沒問題。』

　　她欣然接受了。這是她的全新出發，失去三浦的羽翼保護，她必須學會堅強獨立、學會不讓傷心變習慣。

曾根的工作室只有曾根、一位監工和她三人，監工大多待在工地，剩下她和曾根。自從那天看到曾根把一堆亂七八糟的東西丟進鍋裡，煮成一頓恐怖兮兮的午餐後，她開始中午為兩人做起簡餐，每天下班後她陪曾根到超市採買，翌日中午她負責烹調。這天，她小露兩手中國菜，『再來一碗！』曾根孩子氣地把碗舉得半天高。

　　『喂，已經三碗了，你還要啊？』

　　『好吃，太好吃了！喂，妳覺不覺得我們這樣看起來好像新婚夫妻？』

　　曾根不經意脫口的一句話，卻撩起兩人之間異樣的波動。曾根待她極好，甚至超越了主雇間的分際，下班採買完後，他常藉口到車站附近辦事送她一段。

　　『為什麼要送我？你不會每次都剛好有事吧？』

　　『反正也不遠，我⋯⋯』

　　『那為什麼總得看著我走進收票口？怕我不買票偷渡進去啊？』她玩笑道，不意卻惹得曾根一陣慌亂。其實，他是在收票

口確定她乘的地鐵已安全駛走後才離開。

『不，當然不是，我是怕⋯⋯怕妳發生意外。』

『意外？為什麼？有人、你認識的人發生過意外嗎？』

曾根怔忡不語。一班地鐵離站了，她卻固執地站在原地，副非等到答案不可的態勢。曾根長歎了一口氣：

『一年多前，我的女朋友被人推下鐵軌，當場慘死。』

『啊！』她不敢置信地捂住張大的嘴。

『是一個變態狂做的，我女朋友是被他推下去的第三個。』

『啊⋯⋯是那樁「地下鐵殺人魔村田平義」事件？』那件駭人聽聞的謀殺案害了三名無辜女子枉死輪下，曾喧騰一時。

曾根點了點頭，『去年跨年，我和妳相遇的那晚，正好是她過世一週年，那束花是弔祭她的。』

她憶起那夜曾根醉眼中的悲痛逾恆，他一定很愛、很愛那個女孩⋯⋯她的心猛地像被人狠狠抽了幾鞭、尖銳地疼痛起來。

『我走了。』她說，倉卒地轉身，卻教曾根攔住了。

『妳怎麼了？』

『沒有！』她撇開臉。

『妳在嫉妒？』

『沒有、沒有、沒……』

她的話聲被曾根緊緊的擁抱打斷了。『別問我為誰心碎過，也不管妳以前愛過誰，答應我，永遠、永遠不要離開我。』

『晚了，你趕快回去吧！』

『讓我站在這兒多目送妳一會兒嘛。』

『傻瓜，明天不就又可以看到我了嗎？』她撫著曾根長滿短髭的下巴，『如果，我是說如果有一天我們吵架或分手了，你還愛我、還想挽回我的話，就到車站廣場來。』站前廣場，是他們初遇的地方，是他們愛情的開始。

『不會的，不會有那麼一天的。』曾根肯定道。

工作室裡，她正埋首替曾根尋找一份舊檔案，方才曾根從工地打電話回來，要她儘速找到一份舊檔案送去。工作室是她的打

掃管轄範圍，只除了曾根這張媲美垃圾堆的大辦公桌。

『不要幫我整理桌子，太整齊的話，我會找不到東西。』曾根說得振振有辭。

她笑曾根是隻適合髒亂的蟑螂。

現在置身其中，她才發現要在這一團混亂中找東西簡直比到金銀島尋寶還要艱辛。翻箱倒櫃之際，最下一層的抽屜猛地掉出一本筆記簿，隨手一翻，是類似日記的雜想紀錄，正欲歸回原處，一行字吸引了她的視線：

『除了明子外，此生我再不能、也不願愛上第二個女人了……』

她快速翻閱著，沒注意到一張照片滑落地面。

『那個送花給我的女子，天！竟有著與明子神似的笑靨……』

她的手劇烈顫抖著，想闔上書頁，卻又忍不住讀了下去。

『……今天我終於找到那個女人了，她答應來這裡上班……我相信她是上蒼可憐我，派來代替明子的……』

代替明子？

不！她不要當三浦教授的私藏物，更不要是曾根的替代品，絕對不要！

託快遞把曾根要的檔案送了去，她抓起皮包衝出了工作室。街上人潮如流，淚也不爭氣地潰瀉如河。

驟地，一聲熟悉的呼喚叫住了她。

『妳似乎過得挺不錯的。』三浦接過她遞上的茶，環視她的小套房一圈。

『人總要學著自己長大。』她說。

『以前我一直以為是妳依賴著我，妳走了以後，我才知道其實是我在依賴妳，那時，我難過得幾乎……痛不欲生。』三浦的眸中水光閃爍，『不過我想，是該放手了，不能給妳名分，放妳自由，應該是愛妳最好的方式。』

她輕啜了一口熱茶，『我離開，對我們都是一種解脫。』

『是嗎？』三浦深情地瞅著她，『看來，妳再也不是以前那

個柔弱無助的，我的小女孩了。』

　　這一聲暖暖的暱稱，擊垮了她強裝的自持，『哇！』她崩潰地撲進三浦的臂彎，痛哭失聲。

　　『乖，告訴我，發生什麼事了？』

　　『我愛上了一個男人，可是，他的心中只有他死去的女友，我爭不過她，活人是爭不過死人的，我……』

　　三浦擁著她，聽她哭訴對另一個男人的戀慕，她的淚，浸濕了三浦的襯衫。三浦端起她的臉龐，一口一口啜著淚滴，緩緩地，他解下了她紮長髮的橡皮圈，烏髮散落，四片唇終於不可自拔地交纏一起……

　　他們都沒有察覺到，門縫中，一雙被憤恨灼燒的眼瞳。

　　『難怪她從不肯談及她的事，難怪她不肯答應搬來和我住，原來……』

　　一輛車子飛快地駛離她的住所，駕駛座上的曾根全身因憤怒而顫慄著。下午，曾根返回辦公室看見桌上攤開的筆記簿時，就猜到她一定誤會了，如果她肯繼續翻讀下去，她會明瞭：不久曾

根便發現她和明子是完全不同典型的人，幾個月後，曾根魂牽夢繫的全是她，只有她。

當初寫下『除了明子以外不再愛上別人』時，是真心的以為曾經滄海難為水；後來情不自禁愛上她，也是真心的。

『愛，原來像蜥蜴的尾巴，是可以再生的。隨著明子的死一起埋葬了的心，居然再度躍動了⋯⋯喜歡看她在廚房裡做飯的樣子，中午時共進午餐變成我最快樂的時刻⋯⋯』曾根的筆記簿上這樣寫道。只是，她來不及看到。

曾根一路狂飆到她家想向她解釋，卻目睹了她和別的男人親熱的一幕。錯得多離譜啊！他竟真的以為她對自己也是情深意濃。

風在車窗外呼嘯，心在絕望中撕裂，他受不了，受不了她背叛了他，受不了深信的一切在瞬間破敗粉碎。回到工作室，他拿來了白紙振筆疾書，任憑妒恨的浪潮將他吞滅。

一夜無眠。在差五分九點時，他一身酒意地離開工作室。

一夜無眠。在九點零五分時，她深吸一口氣走進工作室。

　　昨晚，當她的衣服被三浦激情地褪落時，從口袋裡迸出一串鑰匙，落在地上，發出了清脆的一響。她驟然清醒，掙開了三浦的擁抱。那是曾根的鑰匙。

　　『原諒我！雖然曾根那樣對我，但是我不想對不起他。』

　　『妳真的很愛他？』三浦澀聲道。

　　她停下扣衣服的動作，堅定地點頭。

　　三浦像只洩了氣的皮球，癱軟在沙發上，良久，他才找到自己的聲音：

　　『要我留下來陪妳嗎？』

　　她搖了搖頭，『對不起，請原諒我的任性，我想一個人靜一靜。』

　　三浦起身，打開了門，陡地，他停住了腳步：

　　『如果妳真的愛一個人，那麼，不要在乎他把妳看成什麼，重要的是——妳把他當做什麼。』

　　『把他當做什麼？』她喃喃自問。

　　曾根是她想天長地久的伴侶！是的，她不要這樣就失去他，

她想再相信曾根一次。

　　曾根並不在工作室，也不在工作室後面的套房裡。她的桌上擱著一張遣散書和一封裝滿鈔票的信封。曾根辭退了她！

　　『為什麼辭退我？』

　　她狂怒地撲到曾根的桌上，沒有那本筆記簿，『曾根，你、你分明是作賊心虛！』

　　地上一張照片吸引了她的目光，那是曾根和一名女子的親暱合照，她翻到背面，背面的幾行字讓她低盪的心跌落谷底。

　　『給永遠唯一的摯愛明子——次郎』

　　明子是曾根永遠且唯一的摯愛，那她算什麼？

　　絕望地收拾東西，她留下了遣散金。錢買不到她的愛情，如果曾根覺得有所虧欠的話，他欠她的，不是錢。

　　冰涼的淚，在臉上竄湧，『回台灣吧！離開這個傷心國度，回台灣吧！』

　　不如歸去！

　　再也，無眷戀。

　　新宿車站前。行人依舊來去匆匆。

　　兩年了，再度踏上這片土地，前塵若夢，恍如隔世，不變的是，這個教心都忍不住結冰了的北國大氣。

　　黑天絨般的夜空，無聲地傾下一顆顆的小雪球，霍地，一片、兩片、三片……玫瑰花瓣飄落了下來，然後，她又看到那張熟悉的面容。

　　『是你？』

　　倘若不是曾根老了些、滄桑了些、也憔悴了些，她真的會以為自己闖進了時光隧道，回到多年前最初相遇的那個夜晚。

　　『你怎麼會在這裡？』

　　兩人不約而同地問了這句話，接著不約而同笑開了來，這一笑，讓凝滯的空氣暖和不少。

　　『我來東京一家出版社談合作計畫，明天就回台灣了，你呢？』

　　『我？呃，忽然想來這裡走走。』

『來祭拜明子？』她問。看著曾根手上的花，胃裡頓時一陣翻攪，她故意笑得輕鬆，不承認自己依然在乎。

『呃，這花啊？百貨公司的噱頭，說是會帶來幸運的玫瑰花，隨意買了一束，沒想到真讓我幸運地碰到了妳。』

曾根沒有說出口的是，他並非偶然來到這裡，為了賭一次跟她相遇的可能，他幾乎天天來站前廣場。

心情總是太衝動，覺悟總來得太遲，兩年多前，當他大醉幾天酒醒，後悔莽撞地辭掉她而趕到她的住處時，竟已人去樓空。

『當年妳送我花，現在換我送妳。』曾根把花遞給了她。

『謝謝！』

她低頭看著花，曾根低頭看著她。靜默，持續著，不知過了多久，曾根抬起頭：

『啊，雪停了。』

『是的，雪，停了。』

時間像鐘擺一樣開始擺動，她想起來了，想起他們一起站在這兒仰望星空，想起了那個多年前醉酒仆倒的男人，想起了在收

票口緊擁著她的曾根、開心吃著她做的料理的曾根、在超級市場踢倒一整座罐頭山的曾根、老愛摸著她的頭無限愛憐的曾根、傷了她的心的曾根……

　　猛一甩頭，也把往事一併甩開。

　　『夜深了，我要回飯店了。』

　　『我送妳。』

　　『不必了。那——再見了，保重！』她提著花，大踏步走開。

　　她的背影，漸行漸遠。明天，她就要回去了，這一生，也許都無緣再相見了，她就要、就要走出他的生命了。

　　用盡全身的力氣，曾根大喊：

　　『妳說過，如果我還愛妳、還想挽回一切的話，就到這裡來。我愛妳，我——來了。』

　　遙遠的那頭，她止住腳步，緩緩轉過身來。

　　『我愛妳，我來了。』曾根的聲音在空中響著。

　　含著淚，含著淚，她，笑了。

歡喜冤家妙姻緣

————

CHAPTER 03

對兩個都太驕傲的人來說，
要他們任何一方先丟掉尊嚴、主動表達愛意
可能比登天還難。
然而，如果有人從中『設計』一下……

🙶

『你是腦筋有問題，還是眼睛有毛病啊？何愛梅怎麼可能既
優雅又端莊呢？你們還一起去聽音樂會？哈！她沒有睡著？也沒
有聽到一半就站起來鼓掌？等、等一下，老哥，你確定你沒有認
錯人？』次慶迭聲問道。

大慶盯著老弟次慶手上那本書的作者照片，再次肯定地點點
頭。

『沒錯！就是她！』

今天下午大慶正埋首趕著幾則漫畫，要不是老弟一通電話十
萬火急請他幫忙到何愛梅家樓下咖啡廳取稿，他也不會有緣結識

這位久聞大名的女作家。

　照老弟平日的描繪，大慶原以為見到的會是個粗模粗樣的男人婆，沒想到現身的是一位柔雅嫻靜的女子，怎麼看也不像老弟所說的：『大嗓門兼兇巴巴，粗魯蠻橫又刁鑽潑辣』！咖啡廳侍者不小心把水翻灑在她的衣服上，她不但不怪罪，還拚命安慰那位顯然剛入行而手足無措的侍者：『沒關係，很快就乾了，真的沒關係。』

　這麼一位善解人意又溫柔似水的女人，怎麼可能是老弟口中的『女暴君』、『女魔頭』呢？

　『善解人意？溫柔似水？』次慶的聲音尖得像隻被掐住脖子的老母鴨，『哥，你真的該去好好檢查一下腦袋瓜了。你知道嗎？我們的編輯跟她催稿，她掛人家電話不打緊，編輯親自移駕去她家按鈴，你猜怎麼著？那瘋婆娘竟從陽臺上倒下一大盆水，把那個可憐的編輯淋成了落湯雞！所以啦，現在全辦公室根本沒人敢跟她接觸，每次都非得我這總編輯親自出馬不可。』

　這還只是女暴君的諸多惡行之一而已。次慶愈說愈義憤填

膺——明明書稿都要付梓印刷了，她大小姐不知哪根筋秀逗，突然說要重新改寫，當場搞得大夥兒人仰馬翻；報社記者採訪她，進行到一半，她一不高興竟旋身走人，留下次慶只差沒跪下來向那位記者磕頭謝罪；前一陣子，有張文學與音樂結合的豎琴專輯邀她美言推薦幾句，她居然在廣播現場節目中大扯後腿：『我不懂音樂，更討厭這種軟趴趴、要死不死的古典音樂，不過嘛，這種音樂用來治療失眠應該挺有效的吧！』

『這種人會跟你去聽音樂會？』次慶用鼻孔冷冷一哼，『我寧願相信豬會唱歌、大象會爬樹，也絕不相信她會去聽音樂會。』

『可是，我真的跟何愛梅去聽音樂會了呀。』

大慶本來只想喝完咖啡，拿了稿子就閃人，結果隨口一聊竟發現兩人湊巧都買了晚上那場管弦音樂會的門票。一談到音樂，何愛梅的眼眸霎時射出一抹奪人的燦焰，她豐富的音樂知識教大慶瞠目結舌，她說，她學過近十年的鋼琴。

『騙人！她根本是音樂白癡！』

次慶忍不住打斷老哥的話。有一次，何愛梅到出版社來，編

輯們正在討論郎朗的最新鋼琴演奏專輯，她聽到大家左一句郎朗、右一聲郎朗，便興匆匆地詢問他們：『甚麼「廊廊」？新開的餐廳嗎？西餐還是台菜？』

『連朗朗都不知道，簡直是「白內障」！』

『什麼是「白內障」？』大慶問。

『我們那些編輯說的——白癡內加智障呀！哼，要不是她走狗屎運，每本書都超級好賣，連大陸都出現盜版，我才懶得理她呢。』

次慶把何愛梅形容得像隻牆角的臭蜘蛛。

『妳一整晚都跟那個阿達總編在一起？天哪！妳絕對是偉人，不不不，妳根本是九天玄女降落了，居然沒被那怪胎氣瘋、逼瘋、弄瘋……妳說那個大變態很體貼，上下車還幫妳開車門？姐，妳是不是時差還沒調整過來、產生幻覺了？』何愛梅眼睛瞪得老大。

『真的，不是幻覺啦。』何靜蘭邊搖頭，邊笑看這個跟她長得一模一樣、性格卻南轅北轍的雙胞胎妹妹。何愛梅一臉的不可

思議，好像姐姐遇到了外星人似的。

因為父母的離異，她們這對雙胞姐妹八歲就被拆散開來，姐姐跟學小提琴的父親定居奧地利，妹妹則和企業家媽咪留在臺北。在父親刻意調教下，靜蘭鋼琴、小提琴、舞蹈、繪畫樣樣精通；而愛梅在母親的寵溺下，雖然勉強取得了大學文憑，但脾氣之古怪任性，讓她打從高中時代就贏得了『貂蟬』的封號。

不不不，這封號不是形容她貌美如貂蟬，而是說她──又『刁』鑽又難『纏』！

這次，靜蘭專程回國探親，才回來不到兩天就聽妹妹一天到晚咒罵那個『超級沒人性、簡直是獸性』的總編輯。禁不住好奇，靜蘭自告奮勇要替妹妹交稿，以親眼見識見識什麼叫『台灣第一惡男』。

但是，那個叫孫次慶的總編一點也不像妹妹所形容的『獨裁霸道、野蠻驕傲、到處放砲、最好上吊』呀！當侍者失手打翻水杯潑得靜蘭一身濕漉漉時，次慶立刻體貼地掏出手帕給她；車停在國家劇院對面，車外正下著濛濛細雨，他毫不猶豫脫下外套在

靜蘭頭上張起一片晴空，細心地不讓她淋到一滴雨。音樂會結束後，送靜蘭返家，孫次慶堅持目送靜蘭，一直到她上樓點亮了燈，才聽見『碰』關車門的一聲，靜蘭走到陽台邊，正好目睹孫次慶的車緩緩駛走。

如此體貼細膩有紳士風範的男人，怎麼會是妹妹眼中的『希特勒』、『混世大魔王』呢？

『他體貼細膩？有紳士風範？』愛梅齜牙咧嘴地大嚷，『姐，奧地利是不是都沒男人了？他根本是隻無可救藥的「沙豬」！』

以前何愛梅曾閒聊問過孫次慶，女力當道，但為什麼大企業裡的高階主管還是男性多於女性呢？孰料孫次慶居然理直氣壯地反問她：『妳看過有幾個女人講理、公私分明的？我最受不了女性主管了，領導能力差，不是濫用職權，就是動不動便哭……』

何愛梅更痛恨的是，孫次慶總認為女作家只能寫一些無病呻吟、風花雪月的東西。『他還說會買我的書的那些女讀者八成很懶得動腦、只會作白日夢，妳說，氣不氣人？』何愛梅還曾看到孫次慶上電視節目大肆批評女權運動者興風作浪、煽惑愚民。

『這種混蛋加三級的傢伙會幫妳開車門、還目送妳進家門？哼呵，姐，妳可以告訴我耶穌是女的、地球是扁的、美國總統是ET，但妳別想說服我孫次慶是一位紳士！』

何愛梅永遠不會忘記那次在出版社樓下正欲離開，她的車子卻緊緊卡在兩輛車之間，甫拿到駕照仍是菜鳥的愛梅手忙腳亂、倒了半天的車，還是無法把車子從夾縫中駛出。當她急得快哭出來時，一抬眼正好瞥見次慶站在大門口和管理員聊天，還一面帶著看好戲的表情盯著她在那裡進退不得，連表現一下騎士精神伸出援手都沒有。

『這種人，就算全世界男人都掛了，我也不會看上他。』

何愛梅講到孫次慶時的神情，就像看到一隻糞坑裡的大蟑螂。

次慶決定親自走一趟。

本來，編輯向他報告一連幾天都連繫不到何愛梅時，他還不太放在心上，反正不少創作者一到了催稿期就會上演一齣『失蹤記』、拒接一切電話，次慶早已司空見慣、見怪不怪了。像他老

哥這位漫畫家最近幾個禮拜還不是都找不到人，連答錄機也不回。不過，當總機小妹說快遞給何愛梅那些她最重視的讀者來信與小禮物也原封退回時，次慶便覺得事有蹊蹺了。

　　爬上三樓，來到何愛梅的住處，大門是虛掩半開的，次慶陡地心頭一凜，難道——遭小偷闖空門了？發生了凶殺案？還是被外星人擄走了？或者……不到幾秒鐘，次慶豐富的想像力已閃現了好幾個假設。畢竟，一個女人獨居而聽任門戶大開，實在太不尋常了。次慶深吸口氣，躡手躡腳探了進去。

　　還算整齊的小客廳看不出任何被翻動或破壞的跡象，只除了一隻躺在地上的大皮箱，次慶又大膽跨進幾步，這時，隱隱約約地，有窸窸窣窣的聲音自房間裡傳出來。次慶機警地執起茶几上的水果刀，屏氣凝神一步一步移向房間，驀地，『碰』！一聲，他踢倒了茶几旁的垃圾桶。

　　『誰？』

　　驟聞奇怪的聲響，原本伏趴在床上的何愛梅倏地像隻受驚的貓兒，反射地彈跳起來：

『怎麼是你？你拿刀子幹嘛？』

『呃？我……』次慶定了定神，這才發現何愛梅一臉斑斑淚痕，『妳怎麼了？』

察覺到自己的失態，何愛梅惱羞成怒，抓起枕頭布偶便向次慶一陣亂丟：

『誰准你進來的？出去！臭男人！全世界的男人都該死、都該下地獄……出去！出去！出去……』

如果他真的一趄就走，那就實在太枉費他混世大魔王的封號了。次慶身手矯捷地撥開空中飛物：『到底發生什麼事了？』

『不要你管，臭男人、死男人，走開啦！你、你、你坐過來幹嘛？』

何愛梅粗魯地接過次慶遞上的手帕，然後，把次慶當成大沙包不停地狂揰猛踹，『哼，說什麼永遠不變心、生生世世愛我，根本是屁話謊話鬼話！才去美國不到一年就移情別戀了，混蛋、王八蛋、臭雞蛋、臭鴨蛋、荷包蛋……』

次慶動也不動，任憑何愛梅鏗哩哐啷在他身上發洩撒野，看

她唏哩嘩啦在他的高級手帕上擤鼻涕，聽她劈哩叭啦訴說她的悲憤，原來，她相交六年的男友出國留學，幾個禮拜前發了一則 LINE 要何愛梅不必再等他了，因為他即將和一名日本留學生結婚。何愛梅倉皇地情奔美國，試圖挽回負心郎的心，長途跋涉到了男友住處，開門的是那位日本女人，她冷冷地瞥了何愛梅一眼，轉頭盯著身後的男人，那個何愛梅朝思暮想的男人先是一楞，接著滿臉寒霜地叫何愛梅不要再來找他了。

　　門被碰地關上，心被轟地炸碎，立在異鄉冷冽澈骨的雪夜中，那位日本女人的話不斷在何愛梅耳際喧囂：『他都不要妳了，妳幹嘛還苦苦糾纏？』……

　　『說我苦苦糾纏？他在 LINE 中說和那女人相識了半年，可是，兩個多月前他才寫了一堆情話綿綿的簡訊給我，還要我買件純毛大衣送給他做生日禮物，說什麼美國買太貴，哼，騙子、無賴、金光黨、姦夫。』何愛梅愈罵愈激動，『而且，他居然要娶日本人，這個漢奸、賣國賊……』她哇地哭倒在次慶的懷中，又扯又揪，把次慶純白的襯衫哭成又濕又皺的抹布。

漸漸地，嚶嗚變成哽咽，再變成了低泣，然後是均勻的鼾聲，她在次慶的懷裡睡著了。

她，睡著了！次慶的胸口驟然有股鬱悶氣塞的感覺，自己真的這麼沒男性魅力嗎？從來，沒有女人會在他的懷中睡得如此⋯⋯安詳自得。

他把何愛梅安置在床褥間，盯著熟睡的她，竟怔怔入了神，此時的何愛梅少了潑辣刁鑽，看來是如此脆弱無依，他揚手拭去何愛梅臉上殘留的淚痕，心湖猛地掀起一片巨瀾⋯⋯

那一夜，好長，長得讓孫次慶幾度險些按捺不住翻湧的慾潮；那一夜，好短，短得讓何愛梅還來不及嘗夠被疼惜呵護的滋味，就被窗外刺眼的陽光熱熱癢癢地逗醒了。

她朦朧地睜開眼，看到的是一臉關切的姐姐何靜蘭。

『梅，妳什麼時候回來的？』

『昨天下午。』

『對不起，要是知道妳這麼快回來，我就會留在家陪妳。我

和大⋯⋯呃，和朋友去東部玩了幾天。梅，妳沒事吧？臉色怎麼這麼難看？』

何愛梅揉揉紅腫的雙眼，為什麼昨晚寤寐中她感覺有人凝視著她、溫柔地吻了她呢？為什麼她夢裡出現的不是美國男友，而是那個素來與她八字不合、命中犯沖、前世冤孽、今世業障的孫次慶呢？

『我沒事，我只是專程去美國甩那混蛋一個耳光。』大哭過一夜，愛梅此時的心情像久雨過後乍晴的天候，『不過，我還是祝他們這對姦夫淫婦早日搬到加州去。』

『加州？為什麼？』靜蘭問。

『加州地震多啊！哼，總有一天震死他們。』

看到妹妹還能振作起來說笑，靜蘭寬心不少，不經意瞥見床下一方手帕，與孫大慶在咖啡廳借她擦水一樣的皮爾卡登手帕。

『咦？誰的？這年頭還有人用手帕啊？』

愛梅接了過來，是男人的手帕！那麼，昨晚真的是孫次慶──

　　她順手把那條髒兮兮的手帕丟進抽屜，『走！吃飯去。別擔心了，我真的沒事，我還覺得那種垃圾有人肯撿去廢物利用，挺環保的哩！』

　　原來，有時候，能修復一顆被男人傷透了的心的，是另一個男人的溫柔。愛梅一恢復精神，便胃口大開、狼吞虎嚥起來。靜蘭若有所思地撥弄餐盤中的菜餚，終於鼓足了勇氣。

　　『梅，我知道這樣是太快了些、也太匆促了點，可是，我……我要結婚了。』

　　『結婚？』愛梅腫得快張不開的眼睛，瞬間瞪成了兩只大燈籠。

　　出版社裏，孫次慶的嘴巴張成大大的〇字：

　　『哥，你要結婚？』

　　入夜。飯店的新房裡，熙來攘往，早到的賓客一波波湧進新房，爭先目睹新人的風采。

　　白天繁瑣的迎娶儀式差點沒把靜蘭、愛梅搞昏了頭，不過，聽說待會兒的喜宴才是真正整人的高潮戲呢。怎麼會這麼快就決

定結婚了呢？回想起來，一切都恍如南柯一夢……

　　『也是雙胞胎？怎麼可能？』

　　同樣一句話，響在愛梅家和次慶的辦公室裡。

　　次慶作夢也想不到刁蠻的何愛梅竟會有一個攣生姐姐，愛梅更是想也不敢想那個比水泥還頑固、比蟑螂還討厭的孫次慶居然會有『複製品』。

　　『天哪，世界末日到了嗎？上帝用這種方法來懲罰人類嗎？太殘忍了——』

　　愛梅誇張地將雙手往上舉起，惹來靜蘭一個又好氣又好笑的白眼。

　　另一邊。

　　『她們兩個長得……一模一樣？』次慶把自己的額頭拍得砰砰響，『造孽呀！這種妖孽一個就夠受了，還來兩個？』

　　『喂喂喂，她可是你未來的嫂子，你怎麼可以說她是「妖孽」呢？』大慶又好氣又好笑地賞了次慶兩拳。

　　『是，老哥，我錯了！妖孽是何愛梅，她姐姐是秀外慧中、

才德兼備、溫柔婉約、冰清玉潔……』

『幹嘛？你在背成語辭典啊？』

『不，這麼幾個成語怎能形容我完美的嫂子於萬一呢？要不要我再多說一些？』次慶促狹道，不期然地，眼前浮現了沈睡中的何愛梅。坦白說，認識何愛梅三年多，每回都只顧著跟她鬥嘴激辯，昨晚還是他第一次仔細端詳何愛梅哩，結果，看著看著就忍不住對她偷了幾個香。

唉，什麼時候自己也變成了乘人之危的好色小人、採花大盜了？這要是在古代，恐怕他就非娶何愛梅不可了。

娶何愛梅？次慶全身不禁連打了三、四個哆嗦。

但在老哥的威脅利誘下，次慶不得不三天兩頭往何愛梅公寓跑，送東西給他未來的大嫂。不曉得是不是自己神經過敏，他愈來愈覺得老哥在拜託他時的眼神總是賊不溜丟的，像在算計什麼似地。

應門的仍是何愛梅，一身刻意精心的打扮，平添了幾許女人味。瞄到孫次慶眼裡的激賞，何愛梅壓下竊喜，竭力裝得毫不在

意：『驕傲的孔雀展開羽屏，可不是為了討好，而是示威！』對、對，她是在示威，好讓那個沒長眼的孫次慶見識到她何愛梅令人驚豔的一面。

『幹嘛？今天又當送貨員？』

『唉。』次慶一臉無奈。

『拜託你大哥別這麼費事行不行？今天送窗簾樣本，明天看地毯花色，偏偏我姐只顧著去做臉、試婚紗，老叫我替她選。』

『我哥還不是一樣，說要閉關趕存稿，總叫我跑腿。』

『我的天！到底是他們要結婚？還是我們要結婚啊？』

我、們、要、結、婚？

這句話，引得獨處的兩人一陣慌亂驚愕，為了化解尷尬，何愛梅趕忙溜進廚房察看她第一次按食譜做的蛋糕。從她返國那夜以後，她可以感覺到她和孫次慶之間似乎不再像以前那樣劍拔弩張，取而代之的是一種既緊張又期待的微妙氣氛。孫次慶一天沒來，她就懶洋洋地連稿子都不想寫，書也看不下去，整顆心空蕩蕩的。

不、不、不不不！

何愛梅站在烤箱前猛搖著頭，這絕對不是喜歡！她怎麼可能喜歡上那個討厭鬼呢？她對他只是──

好奇！

對，沒錯，只是好奇罷了！

何愛梅對自己肯定地粲然一笑，打開烤箱，『哇！』沒料到烤盤那麼燙，她一鬆手，整個蛋糕便連餐盤一塊兒跌到地上。孫次慶聞聲衝了進來，不假思索抓起何愛梅紅腫的手到水龍頭下沖水……

『你不、不吃完沒關係，明天、明天我再烤一個……正常一點的。』

何愛梅又急又窘地想制止孫次慶把那一『坨』有點噁心、又錯放了鹽的蛋糕掃進肚子裡，可是，孫次慶卻不要命似地邊傻笑邊一口接一口。

『嗯，吃完了！』

何愛梅有點羞赧、又有些感動，『喂，你做人太可惜了，你

絕對有當「豬」的潛能哩。』

　　這時，在大慶的漫畫工作室裡，靜蘭正幸福地偎在大慶身側。

　　『你真的確定他們兩人會來電？』

　　『當然。我們是雙胞胎，又共同生活了三十年，他在想什麼、腸子轉了幾個彎，我會不曉得嗎？而且，我可以肯定妳妹妹也挺喜歡我老弟的。他們只是當局者迷，看不見自己的真心。』

　　『可是，他們一見面就吵嘴。』

　　『有的情侶像綿羊，喜歡黏膩地窩在一起呢儂軟語；有的則像刺蝟，老是全身長刺、針鋒相對，爭吵鬥嘴是他們相親相愛的方式。』

　　『可是，愛梅說過，世上都沒有男人了，她也不會看上次慶。』

　　大慶笑得更開心了，『在愛梅的眼中，除了次慶，世上確實是沒有男人了。』

　　靜蘭輕哼一聲：

　　『那麼，他們還要僵持多久呢？』

　　對兩個都太驕傲的人來說，要他們任何一方先丟掉尊嚴、主

動表露愛意，可能比登天還難。然而，如果有人從中『設計』一下，那又另當別論了。

　　『兩位新娘準備好了沒？客人來得差不多了。』總招待衝進來大聲催促。

　　這一切，都不是夢。他們要結婚了。

　　看到次慶終於捨得離開哥兒們，回到新娘愛梅的身邊，大慶和靜蘭很有默契地一笑，兩人眼中同時閃過一抹狡點，大慶俯身在靜蘭耳旁低語：

　　『老婆，準備好了嗎？待會兒動作要快喲！』

　　果然，不到一分鐘，愛梅一聲驚呼，忿然地揭起面紗，指著次慶的鼻尖：

　　『什麼？我姐告訴你我作夢一直叫你的名字？還說我把你的手帕收藏在枕頭底下？胡說八道！簡直一派胡言！哼，要不是你哥說你暗戀我很久了，還在皮夾裡藏放著我的照片，我才不會勉強答應嫁給你呢。』

過了三秒，愛梅和次慶不約而同尖叫了起來：

『哥！』

『姐！』

此時，大慶和靜蘭早就一溜煙逃出新房了。

莊嚴的結婚進行曲，悠揚響起。

紅毯上，兩對長相幾乎是同一模子刻出來的雙胞胎新人，引來眾人一陣議論和驚歎，只是，大多數的賓客還是能一眼就分辨出來：那對笑得賊兮兮的新人是老大大慶和靜蘭，至於，那對連行禮時都忙著罵對方是豬、不要臉，『豬』『臉』璧合的是……

唉，誰說姻緣不是天註定？不是冤家又怎麼聚得了頭呢？

讓我們的相愛
在日出的時候
————

CHAPTER 04

他的雙手把欣燕圈得更緊，

他身上的熱氣，正透過她的背傳遞過來──

為什麼她會以為自己放棄得了這個男人呢？

『哇，真有一套！你在哪裡「把」到這麼年輕的「美眉」？』
同事們全都圍聚一起觀賞林副理的婚紗照。

『四十男人的魅力，凡人無法擋嘛。』林副理邊發喜帖邊說。

『聽說新娘比你小很多，老牛吃嫩草喔。』

『她才比我小十五歲，我還嫌她太老哩，我本來的目標對象
是二十二歲以下呢。像我以前的老闆才高竿，娶了一個足足小他
三十歲，芳齡才十九的 UKLM。』

『什麼是 UKLM？』眾人異口同聲問。

『幼齒辣妹啦！我老婆教我的。』林副理說。

答案一出，大家便笑得前俯後仰。

　　欣燕埋首批閱著文件，他們的對話仍字字清晰穿進她的耳膜。倏地，她桌上的分機響了。兩聲、掛掉。這是她和宗海的密碼。

　　看遠遠那端宗海已起身離座，她也悄然提起皮包，走向電梯。

　　『每次都這樣偷偷摸摸的，妳不累嗎？』宗海彷彿與眼前的牛排有仇似的，使勁把它切得滋滋響，他在賭氣，不肯看她。

　　這是他們中午常約會的小餐廳，因為離公司較遠，幾乎不可能碰到同事。『躲躲藏藏雖然累，但總比蜚短流長好，你也知道我們這種狀況……』

　　『因為妳吳欣燕是協理，而我只是小小的主任。』

　　欣燕微慍，『你——你明明知道不是這樣的。』

　　『好，就算年齡有差距，又怎樣？妳才比我大九歲，妳看，林副理和他老婆差了十幾歲。』

　　『這是不同的。』我說。

　　『有什麼不同？』

　　『這個社會就是這樣，男大女小，天經地義；女大男小，就

離經叛道。』欣燕說得十分無奈。她的好友阿芝就曾結交過一個小情人，雙方情投意合、相愛至深，然而旁人的指指點點卻不停困擾阿芝。有次阿芝偕男友參加公司尾牙，親耳聽見大家背後議論紛紛：

　　『那男的要不是吃軟飯，就是有戀母情結。』

　　『我看哪，是眼光有問題，要不然一個正常的男人怎麼會看上一名老處女？』

　　別人的恥笑，阿芝可以不管不顧，卻不能無視男友母親的苦苦哀求：『求求妳放過他吧！娶了一個比他大十三歲的女人，我們會成為親戚的笑柄的。』當男人的母親向阿芝跪下來時，阿芝也不得不向現實和世俗俯身低頭了。

　　摯愛的兩人落得黯然分手，竟只因年齡的問題，是阿芝的悲哀。

　　害怕重蹈阿芝的覆轍，是欣燕的心情。

　　『難道我們就一直這樣偷偷摸摸下去？』宗海問。

　　走一步算一步吧！欣燕沒有說出口。

　　她從沒想過會愛上一個比她小這麼多的男人。在欣燕夢想的愛情國度裡，她的男人要瞭解她、寵愛她、任她撒嬌任性，像個父親一樣。

　　『別傻了，妳還堅持什麼比妳年長、成熟體貼呀？欣燕，妳知不知道，有專家說，女人一旦年過四十歲，結婚的機率比被閃電擊中還低呢。』阿芝啐道。

　　『沒這麼難吧？總有一些年紀大卻未婚的男人吧。』

　　『有啊，那些高齡未婚男人哪，十個當中七個有嚴重性格缺陷，不是太小氣、太龜毛，就是太自戀、太花心，剩下的三個呢，一個不結婚，兩個是同性戀。』

　　『哪有這麼誇張？』欣燕被逗笑了。

　　『唉，台灣的男人呀，只會貪戀女人的青春，卻學不會欣賞女人的成熟。』阿芝指著報上那則七旬富商娶了二十四歲模特兒的新聞，『二十幾歲的男人想找二十幾歲的女人，三十歲、四十歲，甚至到八十幾歲的男人還是想找二十幾歲的女人，我們這些年過四十的女人，就只有等著當「壁花」的份了。』

與小十三的男友分開後，阿芝在父母的逼迫下，報名參加了一家據稱國內規模最大的婚友社，她保養得宜的亮麗外表和身材，一落座便引來一堆『紅娘』（婚友社裡專門負責撮合排約的人員）的垂詢，不過，當阿芝亮出企管博士、美商公司高階主管的資歷時，馬上嚇跑了一大半紅娘，再等她公佈了四十二歲的『身份證年齡』時，連負責替她排約的那位資深紅娘都臉無血色、面露難色了。

　　『女人的知識、成就、學歷愈高，在婚姻市場上，反而更加不利。』那位和阿芝一見如故的資深紅娘坦言。

　　『沒關係，我不介意對方條件比我差。』

　　『問題就在這裡，條件差的男人沒膽高攀，速配得上妳的，又多半會要求是……年輕的女性。』

　　離開婚友社後，阿芝跑來向欣燕大發牢騷。她們在吃宵夜時，碰到林副理和他的年輕女友，那時，他們尚未論及婚嫁。等他們一走開，阿芝便忙不迭地發表高見：

　　『那男的獐頭鼠目的，不過，那女的長得也不怎麼高明就是

了。』

　　『可是她有的是青春，現在很多年輕女孩不惜用青春來換金錢，把青春論斤秤兩賣，偏偏就有男人愛用錢買。』

　　『因為，男人比女人怕老。』阿芝說。

　　『林副理本來跟我們公司另一位副理交往，那位副理身材臉蛋都比剛才那女的強，而且雖然快四十了，看起來卻只像三十出頭。』欣燕八卦道，『只可惜她一心急著結婚，挑了這麼一個樣樣不如她的男人，不但拿錢資助林副理，還得縱容他的花心，最後卻落得被始亂終棄的下場。』

　　『看吧，就是女人的「渴婚症」把男人寵壞了，臭猢猻也寵成了山大王！』

　　『又能怎樣？女人年齡的折舊率太高了，每多一歲，行情就成等比級數下跌，不管妳條件再好，也鬥不過青春。對男人來說，四十歲的美女是比不上二十歲的醜女的。』欣燕分析道。

　　『年輕就是美麗，二十歲無醜女。』

　　『對大部分男人而言，四十歲也沒有美女。』

一天一天過去，欣燕對愛情與婚姻愈來愈不抱希望。

會和宗海一起，則是意料之外的事。

　　欣燕三十八歲生日前幾天，公司剛好趁春假舉辦員工旅遊。凌晨四點，百餘人浩浩蕩蕩自飯店往阿里山頂出發，天色仍是灰濛濛的暗藹，坐在小火車上，大家紛紛瑟縮成一團小睡個回籠覺，欣燕也睏得打起盹。

　　『到了，到了，下車囉！』

　　欣燕睜開眼，發現自己枕在鄰座男人的肩上。

　　『對不起，我居然睡得這麼熟。』

　　『沒關係。』男人的左手動得有點遲緩，似乎被枕得麻木了。

　　欣燕歉疚地走在他身邊，『你是哪個部門的？』

　　『我是研發部新來的主任，胡宗海。我常去你們部門，每次都看到吳協理妳認真埋首工作。』

　　『哦，是嗎？』欣燕竟不曾發覺有人暗中觀察過她。

　　平時缺乏運動，走沒幾步，她已有些步履蹣跚了，胡宗海體

貼地陪她走在最後。

『老嘍，走不動了。』欣燕自我解嘲。

『妳看起來很年輕呀。』

『謝謝！「看起來」年輕，實際不年輕了。你呢？貴庚？』年逾三十後，愈來愈關心年齡問題，連自己也莫名所以。

『上上個月剛滿二十九，不過，長輩說不能講二十九，我只好四捨五入「號稱」三十。』

比欣燕小了近九歲呢。她的笑紋收斂不少，『哈，要是女人，會比較喜歡「去尾法」，號稱二十八。』

黑壓壓的人群將山巔擠成一道輪廓明顯的黑邊，欣燕使盡最後幾口氣向峰頂邁進，寒風吹得她縮起了脖子。

『圍巾借妳。』他往前跨了一步，緊立在欣燕的身後，他的鼻息在她髮間溫熱吐納。

『呃，不用了，謝謝。』欣燕技巧地向左移了一步，拉開距離。

『太陽快出來了！』圍觀人群喊道。

眾人一致將目光投向微紅的天際，屏氣凝神注視著霞光逐漸清亮、逐漸上升，忽地，一大片雲海聚攏過來遮住了霞光，待雲層散去時，一輪紅日已高掛天空。

　　『唉，又看不到了。』有人發出歎息。

　　『阿里山日出很有名，但因為雲層重、山嵐多，所以十次有八次是見不著的。』胡宗海說。

　　『每天太陽都會升起來，日出還不都是一樣？』欣燕裝得淡然，其實心中十分悵惱，她一直夢想能看到阿里山的日出，但總事與願違。她跟自己生氣。

　　『不，每天的日出、每個地方的日出都不一樣。』胡宗海目光灼灼瞅著她，『妳會這麼說，證明妳是個很怕輸的人，故意假裝不在乎，其實妳比任何人都在意。』

　　『你——你以為你是誰？少自以為是！』

　　欣燕微慍轉身走開，為被看穿心意而倉皇。漠然，是她的防衛，騙自己說不在乎，這樣就算得不到或失去了，也比較不會痛苦吧。

這是她看待人生的方式。

她沒有很在乎胡宗海。她這樣說服自己。

阿里山之旅後，胡宗海就常去欣燕的部門打轉，她總刻意躲開他。這天，她正在茶水間沖咖啡。

『妳還在生我的氣？』他乍然在欣燕身後出聲，嚇了她一大跳。

『沒有。』她語氣如冰。

『唉，我承認妳說得很對，我這個人老搞不清狀況又自以為是，更糟糕的是，既勇於認錯又知書達禮，風度翩翩兼俠骨柔情……』

『還自大狂妄兼皮厚如牆。』欣燕打斷他。

『答對了，恭喜吳欣燕小姐贏得晚餐一份，附帶我這名曠世大帥哥同席。』

他笑得那麼摯誠，教人無法拒絕。

『妳知不知道抽煙會造成流產、早產，甚至可能會不孕。』

宗海像個老學究般不停說教，一邊捻熄欣燕手上的煙。

『霸道！我只偶爾抽啊。』欣燕聳聳肩，像偷抽煙被抓到的小女孩般撒嬌耍賴。

這是墾丁凱撒飯店游泳池偏僻的一隅，沒有熟悉的人群，只有她和他的假期。突然，他問欣燕：

『妳愛我嗎？』

『只有女人才會問這種愛不愛的問題。』她取笑他。

『男人也需要被肯定，但往往放不下尊嚴，我只是比較坦白。』宗海用手指捲繞她的髮絲，『我愛妳，愛得不知所措，想擁有妳更多、想永遠待在妳身邊，想跟妳……結婚。』

『可是我們才交往兩年多。』她說。

『勝過別人一輩子。』

『我年紀比你大。』

『我不在乎。如果可以選擇的話，我希望能早出生個十年，那麼，也許我們就不必愛得這麼辛苦了。』他捧起欣燕的臉，逼她正視他，『可不可以、可不可以忘記年齡，只把我當一個男人

看？』

　　宗海將欣燕深深攬進懷裡。她沈醉在他熱情的臂彎中，陡然，她的背脊莫名地竄起一道冷寒！

　　翌日清晨，難得下雨的墾丁竟大雨滂沱。

　　『又看不到日出了。』欣燕站在落地窗前，失神地喃喃道，『一直都是這樣，只要有我在，不是烏雲就是雷雨，一直一直都是這樣……』

　　欣燕想起十一歲那年，她起了個大早，跑到港邊等著當船員的爸爸歸來，爸爸答應要替她帶回一個芭比娃娃，然而，突來的暴風雨捲走了爸爸的船，從此，媽媽不再叫她『雨娘』，她開始罵欣燕是『掃把星』……

　　『妳不是說日出都一樣，明天太陽還是會出來嗎？』宗海擠出鬼臉逗她，『喏，看不到太陽，看我這太陽般的笑容吧！』

　　『別鬧了！』她情緒低落地撇開臉。

　　為什麼總看不到日出？

　　日出、芭比娃娃、婚姻，為什麼想要的總要不到？

『怎麼了？我臉上有什麼嗎？』欣燕問祕書。

『沒⋯⋯沒有呀，吳姐。』祕書美君慌亂地將視線移到文件。

近午，欣燕走進廁所，正要沖水時，兩、三個女同事嘰嘰喳喳走了進來。

『天哪，看來一本正經的，居然會做出這種事，胡宗海小她很多歲呢，她還真下得了手。』

『八成是吳欣燕主動投懷送抱的，不然，人家胡宗海又年輕又俊帥，怎麼會看上一個老女人？』

『我看呀，那個胡宗海八成也不是好東西，搞不好他是想吃軟飯哩，現在的年輕人呀⋯⋯』

鐵青著臉衝回辦公室，欣燕按下分機喚來美君。

『是業務部林琴芳 PO 在群組的。』美君答得期期艾艾，『她禮拜六和男友到墾丁度假，她 PO 了一張照片，遠遠看起來⋯⋯』

『看起來怎樣？』

『看起來像您和研發部的胡宗海在⋯⋯我猜她一定看錯了，可能只是長得像的人。』美君好心地築了下臺階。

　　欣燕揮手示意美君退去，然後，從抽屜底層翻出煙來，頹然癱進大大的辦公椅裡。桌上的電話響了，兩聲，掛斷，是宗海打來的。

　　她動也不動，看著手上的香煙燒成長長的灰燼。倘使愛變成對方的包袱時，不愛，或許是更大的慈悲。

　　和宗海的午餐約會，她缺席了。

　　林副理的婚禮，身為他的直屬上司，她不能缺席。

　　喜宴上賓客雲集，欣燕被安排坐在總經理這桌，宗海則在隔壁桌，研發部的宋雯親熱地緊偎宗海而坐，臉上涎著戀慕。

　　『娶個年輕的老婆真好！』總經理幾杯黃酒下肚就開始演說，『哪像我？有一天晚上我半夜醒來，忽然發現我身邊怎麼睡了一個老太婆，差點沒把我嚇死了。』

　　大家都很捧場地報以一陣大笑。鄰桌，宋雯殷勤地幫宗海夾菜、添酒。

　　『我是沒機會了啦，但你們這幾個未婚男士可要多向林副理

學呀。』

　　宋雯笑著倒向宗海的肩膀，險些打翻了杯子。

　　終於，上最後一道菜了，欣燕藉口住得遠匆匆離席，經過鄰桌時，宋雯正拿面紙要替宗海拭嘴。

　　來到停車場，欣燕的身後傳來一陣急促的腳步聲，接著，她的手臂被猛地揪住。

　　『為什麼這一個禮拜都在躲我？連我 line 給妳的訊息也已讀不回。』是宗海。

　　『我說過我們不合適，更何況，你已經有了新歡。』

　　『新歡？妳是說宋雯？』

　　『她很適合你，活潑可愛又年輕。』

　　『她老黏著我，可是我對她一點感覺也沒有……妳剛才說她年輕，難道，妳對年齡還耿耿於懷？為什麼？為什麼妳這麼幼稚，老拿年齡來作繭自縛？』

　　『是，我是耿耿於懷、是幼稚，我覺得很可悲、也很可惡，為什麼男人娶了年輕老婆就是福氣，女人交個小男友，大家就當

笑話看？』

　『我們真心相愛就夠了，妳何必管別人？』

　『你別忘了，名伶阮玲玉臨死前留下的那句話——「人言可畏」呀！』

　『難道為了別人的閒話，妳就甘心放棄一份感情？』宗海炯炯地盯著欣燕，他的手掐得她的胳膊發疼。此時，人潮湧入停車場，她掙開他的手，坐進駕駛座。

　難道為了別人，我甘心捨棄宗海的愛？

　欣燕茫然了。

　難道為了別人，她甘心捨棄宗海的愛？

　欣燕佇立在阿里山峰頂，秋天而已，山上卻已寒意蝕人，她想念前年春天和宗海的邂逅，想念他孩子氣的笑靨，想念他老氣橫秋地對她說教，她想念宗海。林副理婚禮後，她已經三個多禮拜沒見到宗海了。

　天地仍一片混沌，觀日出的人群喧囂依舊。欣燕縮起頸項，

不住對凍僵的手呵氣，驟地，她的背後升起一股暖流，她的手隨即被一雙大手覆住。

　　『是你？』

　　欣燕嚇得險些失聲尖叫。她沒料到會在此時此地見到宗海，她想哭，卻用平淡的口吻掩藏激動，『你好像很喜歡在別人身後出現？』

　　『那是因為妳老讓我在後面苦苦追趕。』

　　『你怎麼會來這裡？』

　　『我跟蹤妳呀！』他說得半真半假，『有人指點我，不要理妳，給妳一點時間冷靜一下、看清自己的心情，還偷偷對我透露妳的行蹤。』

　　『一定是美君這叛徒！』

　　『我昨晚就來了，憋到現在才出現，因為，我想在日出那一剎那向妳求婚。』

　　求婚？欣燕用手蒙住臉，藉以掩飾眼中的氤氳。今天的她，特別愛哭。

『今天可能又看不到日出了。』她說。

『不，太陽會照常升起的，只是我們看不到而已，就像妳看不到我的真心，但我的真心卻一直存在著。』

『你不怕別人說你……』

『要是別人說我高射砲，我就告訴他現在太空梭都有了，高射砲一點也不稀奇；如果有人說我吃軟飯，妳就跟他們講我不喜歡吃軟的飯，只喜歡吃蛋炒飯。我喜歡看認真工作的妳，妳的成就，不會是我的壓力，我的年紀，也不能是我們之間的阻力，嗯？』

他的雙手把欣燕圈得更牢，他身上的熱氣正透過她的背傳遞過來。為什麼她會以為自己放棄得了這個男人呢？

『太陽快出來了。』有人大叫。

『快看，日出！』宗海指著前方天際。

誰管他日出，她已經找到自己的太陽了。

繭愛

————

CHAPTER 05

她的漠然深深傷了高霖。

這是一顆千年不化的冰心，

再多的熱情、再大的烈焰也融化不了。

是的，他融化不了。

電梯，快速上升中。麗瓊再度對著電梯裡的鏡子深吸口氣，確定自己一切都很完美後，才轉身勾住老公高霖的手，昂然跨出了電梯。

『哇！老三、老五你們可終於來了。』

總招待許雁白一見到高霖和麗瓊便誇張地尖聲歡呼起來。麗瓊風姿綽約地回應許雁白的招呼，刻意更偎進高霖的胸膛。

一對鶼鰈情深的夫妻，是他們今晚必須扮演的角色。儘管他們之間早已形同陌路，然而，今晚是他們大學時義結金蘭的『七人幫』中最小的妹妹美枝的結婚典禮，來參加的盡是高霖和麗瓊

的舊識，他們絕不能鬧出任何笑話來。畢竟，當初他們的結合曾
掀起一陣軒然大波，還鬧得情同手足的七人家族瀕臨解散。

　　『七人幫的兄弟姐妹今天幾乎全到齊了，只剩老六雅琴在美
國待產趕不回來。』許雁白邊報告邊攬住他們步入大廳。許雁白
是七兄妹中的老大。

　　在走向座位的途中，麗瓊再次為自己狂跳的心整裝一番，因
此一看到老同學，她的笑容果然燦耀如初春方綻的花顏：

　　『二哥、二嫂，啊，這是你們的雙胞胎女兒？長這麼高了呀。
呃，龍……四哥，嗨！』

　　『好久不見。』老四秦龍程的目光灼熱地膠著在麗瓊身上。

　　儘管為了這次相遇，麗瓊早已在心裡反覆演練了幾十遍，睽
別六年，沒想到秦龍程的一個注視，依然輕而易舉地擊潰了她的
防衛。麗瓊的呼吸，在目光交會的瞬間停止了。

　　『龍程，你這老四最不像話，在日本偷偷結婚，連客都沒
請。』高霖的一句話，狠狠絷了麗瓊一針。他握著麗瓊的手捏得

死緊，是無聲的喝斥，喝斥她的失態。

　　秦龍程！這三個字，一直像鬼魅般纏住麗瓊所有的心思。高霖永遠忘不了甫度完蜜月返國的那晚，午夜夢迴，身邊竟是空冷的床褥，高霖披衣下床，發現儲藏室有光線洩出，他躡足走了進去，麗瓊正背對著他抑聲低泣，他踱近麗瓊，咻地抽起她手中的一疊照片。是秦龍程的相片。

　　『妳——還在想著他？』高霖怒吼。

　　『我……』

　　『妳、這不守婦道的女人！嫁給了我，心中想的居然是另一個男人。』

　　高霖的口不擇言激怒了麗瓊。傷害高霖！不顧一切地傷害他，是麗瓊困獸的掙扎。

　　『沒錯，我就是想念秦龍程，他比你優秀傑出、比你高大英俊、也比你有出息，你連他一根寒毛都比不上！』

　　『好，妳說得好！』

　　麗瓊從沒看過高霖如此複雜難解的眼神，混雜著嫉妒、傷痛

和怒火。高霖猝地衝入廚房，打開瓦斯爐，將相片往火上扔──

　　『不！不要！』

　　麗瓊飛身撲上，在熊熊火光中救下了相片。

　　火熄了。她的手掌和腕口都有不輕的灼傷。高霖頹然靠在門旁，看麗瓊不顧傷口、只一逕擦拭著相片。淚光，在高霖的眼瞳中躍動。

　　把臥房留給麗瓊，書房變成高霖唯一的去處。即使在同一屋簷下，他們都小心地不去碰見對方，萬一照面了，也客套得像陌生人。直到那個颱風肆虐的夜，高霖撞開臥房的門，驚醒了熟睡中的麗瓊。

　　『你要幹嘛？哎，渾身酒味，臭死了。』

　　『臭？再臭，我也是妳丈夫！高太太，我來履行夫妻義務了。』

　　高霖野獸般撲向麗瓊，刷地撕開她的睡衣。

　　『放開我！』

『說！說妳已經忘了秦龍程，說！』

無視麗瓊的掙扎和哭泣，剝掉她的褻衣，高霖強行侵犯了她。

『妳是我的，妳是我的……』

狂風驟雨，終歸平靜。當高霖宿醉迷濛醒來，發現麗瓊瑟縮在牆角，雙臂滿是瘀痕，她的眼神、她的眼神怨懟絕望得叫人遍體生寒。高霖慘嚎一聲，連滾帶爬欺近麗瓊：

『天哪！我到底……對妳做了什麼？』

麗瓊斷然揮開高霖的手，清楚地吐出幾個足以將岩漿凍凝成冰的字：

『我、們、離、婚、吧！』

『離婚？我們才結婚幾個月而已，難道我的愛、我的溫柔那麼不值一顧嗎？再多的付出也抵不過「秦龍程」三個字，是不是？是不是……』高霖忿然起身，臨帶上門前，他陰鬱著臉開了口：

『我不會離婚！記住，就算妳死了，妳的牌位也要擺在高家。』

家，變成北國酷寒的冰窖。高霖夜夜遲歸，甚至公然帶酒廊女人回來狂歡親熱，當麗瓊打開燈看到沙發上兩條裸裎的人體時，受到驚嚇的，似乎只有那個酒廊女人。

　　高霖神色自若地摟住女人：

　　『來，我給妳介紹，這位就是我冰清玉潔的聖女老婆。』

　　麗瓊無動於衷地走過他們，步進臥房。

　　她的漠然，深深傷了高霖。這是一顆千年不化的冰心，再多的熱情、再大的烈焰也融化不了。是的，他融化不了。

　　冰沁的酒汁，融化在高霖的口中。喜宴上。

　　『來，龍程，再乾一杯！怎麼不把老婆帶來？』高霖朗聲道。

　　『呃，她……』秦龍程支支吾吾。

　　『聽說你老婆是日本一家株式會社的獨生女，美麗又溫柔。』高霖一再提及龍程的妻子，眼睛卻留意著在逗弄小孩的麗瓊。

　　『還好啦。』

　　『什麼時候生個小龍子呢？我和麗瓊計畫明年要添個寶寶

了。』

　　高霖順手將麗瓊兜進懷裡，沒有忽略麗瓊的身軀乍然一凜。他將她抱得更緊。

　　一個陌生人插進他們的談話：

　　『啊？你是秦龍程？聽說你跟你老婆離了婚，岳家還堅持留你做副社長，呵！硬是了得！沒丟我們政大人的臉。』

　　秦龍程離婚了？！

　　每個人的笑容都僵成尷尬的線條，高霖敏感地發現到麗瓊手上的酒杯劇烈地晃盪了幾下。

　　宴席，在強裝的歡樂中進入尾聲，老大許雁白卻意猶未盡，硬是拖著大夥兒又浩浩蕩蕩驅車前往小妹夫家大鬧洞房。好不容易在新人被整得連聲求饒後，許雁白才答應放人。

　　『麗瓊，妳幫忙善後一下，我去把車開過來，在門口等妳。』高霖終於鬆開一直放在麗瓊腰際的手，他意味深長地附耳補充了一句：

　　『如果，妳要我等的話。』

麗瓊無語地頷首，然後趁眾人告辭之際，她藉口上廁所，以避免和秦龍程搭到同一班電梯。在心情紊亂的此刻，她無法面對秦龍程。

　　人潮盡散，麗瓊一個人走進老舊的電梯。瞅著鏡中微醺的自己，這張了無光采的憔悴容顏，也曾燦然幸福過，到底是什麼樣的命運讓她永劫不復？

　　秦龍程，是她沈淪的船錨。曾經，他們深愛著彼此，一直到秦龍程的直屬學妹邱叔卿的介入。只要碰到麗瓊和秦龍程沒有一起修的課，邱叔卿一定準時坐在秦龍程旁邊『陪他上課』；為他打毛線衣，每天送吃的到秦龍程的宿舍；連秦龍程通宵趕報告，邱叔卿也毫不避嫌地執意陪他熬夜。

　　『我爸告訴過我，女人選男人，就像賭博下注一樣，看準了，就要放手一搏。秦龍程，我勢在必得。』不只一次，邱叔卿當眾發表她的獵『龍』野心。

　　總有人會來告訴麗瓊一些風風雨雨，擾得她心慌意亂。不安，使麗瓊的任性變本加厲，即使雞毛蒜皮，也被放大成了狂風巨

浪——喝咖啡時，秦龍程忘了替她加糖，她可以氣得轉身走人；有時，只是因為邱叔卿在秦龍程的社群平台上有莫名留言；非得要忙於碩士班考試的秦龍程天天接送；要是他交代不了某段時間的行蹤，麗瓊便一口咬定他感情走私……

折磨對方，變成麗瓊確定真情的方式。

『我不是說過了嗎？邱叔卿對我只是好奇，我對她一點感覺也沒有，況且我已經一直在躲她了，為什麼妳就是不相信？』

『對那種女人，逃避，只會更激發她非把你擄獲不可的決心。』

『不然，我還能怎麼辦？』

『你可以當面疾言厲色拒絕她，叫她不要再來糾纏你。』

『何必呢？這樣給人難堪，未免有失厚道。』

『厚道？她這樣奪人所愛、破壞別人感情，就不失厚道嗎？』麗瓊勃然變色，掃掉秦龍程桌上的書，『秦龍程，你這懦夫！好，你不敢開口，我來替你說。』

面對情敵，女人很容易變得心狠手辣。麗瓊來到邱叔卿眼前：

『我和龍程交往三年多，我們感情很好，而且他根本不喜歡妳，請妳不要再糾纏他了。』

『學姐，你們只是交往，又不是結婚了。再說妳怎麼知道他喜不喜歡我呢？我有把握，只要再給我一點時間，他一定會愛上我的。我願意與妳公平競爭！』邱叔卿不甘示弱反駁道，還故意親熱地勾上秦龍程的手臂，『坦白講，我還是覺得，我跟龍程比較登對。』

『妳——不要臉！』

麗瓊氣急敗壞揚手欲甩邱叔卿一記巴掌，卻教秦龍程硬生生攫住了手。

『麗瓊，不要太過分。』

『我太過分？秦龍程，你——』

話聲未休，麗瓊臉上便著實挨了兩下火辣辣的耳光。邱叔卿得意地冷笑起來，十分滿意自己的偷襲成功。

『秦龍程，你故意抓住我的手好讓她打我，你、太卑鄙了，我恨死你——』

　　麗瓊決然轉頭離去，仇恨淹沒了她的理性，她轉身投入了同是結拜兄妹的高霖懷裡。高霖對她竊竊的戀慕，她始終了然於心，懷著報復的心情，她誘惑了高霖，讓他甘冒『不義』的臭名擁有了她。

　　是復仇的心太熾烈吧！看到秦龍程的失魂落魄，她竟有幾分說不出的痛快。報復成了癮，她甚至走火入魔，逼著高霖一畢業就和她結婚。

　　那一枚紅色炸彈，她相信，一定可以炸毀秦龍程！

　　事後，她聽說秦龍程收到喜帖後大哭大醉了幾天，然後，在等候徵召入伍的期間，秦龍程將自己遺棄在花蓮的深山裡。

　　『只叫人送了禮金，人沒來？』

　　麗瓊細聲問了身旁的伴娘，不願承認胸口那種尖銳的感覺叫做心痛。她以為，秦龍程會在收到喜帖後跑來向她認錯、求她回頭，會來告訴麗瓊他不能沒有她，她在等著、等著和秦龍程復合，就算在婚禮中，秦龍程要她跟他走，她也會毫不猶豫……

　　那一枚紅色炸彈，結果是，炸掉了她僅存的希望！

『碰！』

燈乍然滅了，電梯也停了。天！她被困在電梯裡，這什麼爛大樓？

『外面有人嗎？——有人嗎？』麗瓊使勁撳著呼救鈴，時間一分一秒過去，漆黑中，她開始覺得呼吸困難……..

『救命呀！救命呀！高霖——』

高霖與她約好在門口，見不到她，高霖應該會上來找她的。

不！不！高霖臨走前說：『如果，妳要我等的話。』那個告別的眼神，其實已說明了他要給麗瓊一個重新選擇的機會。他一定以為她跟秦龍程一起走了。

『救——命——啊——』

麗瓊在電梯裡嘶聲尖叫。淒厲的喊聲，在狹窄的空間內來回衝撞著。外面一片死寂，似乎沒有人收到她的呼救。

『我不要死在這裡，高霖，救我！』她困難地喘著氣，感覺電梯裡的空氣愈來愈稀薄，雙膝一軟，在伸手不見五指的黑暗中，麗瓊覺得自己的生命正一分一分地流失……

　　『麗瓊！』是高霖的聲音。

　　『麗瓊！』是秦龍程的呼喚。

　　叫聲忽遠乍近、似實若幻……

　　『我、在、這、裡……』她不確定自己是不是真的發出聲音來，只恍惚聽見一陣強過一陣的搥門聲，震耳欲聾！

　　電梯口，秦龍程和高霖正在設法掰開電梯外門。十餘分鐘前，他們倆在門口碰了個正著，高霖藉幾分酒意，迎面便向秦龍程揮拳。

　　『你為什麼要出現？不，你根本就沒有消失過，沒有在我和麗瓊之間消失過。』

　　秦龍程機靈地閃開身，卻也被結實地擊中兩拳：『三哥，你醉了。』

　　『三哥？我不是你三哥，我只是你的替身。不不……不對，我連做你的替身都不夠格。』

　　高霖崩潰地猛搥著牆，像要把囤積滿腔的怨怒盡情宣洩個夠。他明白秦龍程和麗瓊對彼此都還有情，也明白是該他退出的時候了，只是，他該如何安置這顆愛了麗瓊十幾年的心呢？

秦龍程倚在門邊，心煩意亂抽著煙，猛地，他想起了甚麼：
『咦？麗瓊呢？怎麼還沒下來？』

　　當他們發現電梯卡在七樓、八樓之間時，心中同時掠過一絲
不祥。拔足飛奔上到八樓，他們使勁搥著電梯門，然後，聽到一
聲極微弱的回應：『我、在、這、裡——』

　　『麗瓊，是妳嗎？麗瓊，別怕！我來救妳了。』高霖掰動電
梯門的手已一片絳紫。

　　『麗瓊，再撐一會兒，我馬上就來了。』秦龍程額上的汗珠
一滴滴滾落。

　　電梯外門終於撥開了，闇黑的通道裡懸著幾條纜線。

　　『我下去！』秦龍程伸手想抓住纜線。

　　『不，我來！』高霖阻止了秦龍程，『麗瓊是我的，她是我
的——生命！』

　　秦龍程的眼神晦暗了一下，握住高霖的手：『小心點！』

　　高霖攀著纜線滑到梯廂頂端，撬開通風出入口，瞧見廂內半
昏迷的麗瓊，他的眼眶紅了起來。迅速自通風口滑進梯廂內，他

抱起麗瓊猛力搖晃著：

『醒醒呀，麗瓊，妳醒醒！』

新鮮空氣的注入，讓麗瓊悠然回了魂，睜眼看到高霖，她『哇』！一聲，撲進高霖的懷裡縱聲大哭。

在秦龍程和高霖一上一下的推拉下，麗瓊被順利拖出到八樓電梯口。『好了，三哥，換你了。』秦龍程將手伸向高霖，就在兩人的手接觸到的瞬間，**轟**！電梯啟動了——

『哇！』

三人的尖叫聲響徹整棟大樓。

加護病房內，高霖全身插滿了針管。

『我們已經盡力了，剩下的就只能靠病人的體力和生存意志了。他能不能醒來，全看今晚。』醫師說。

秦龍程把外套披上麗瓊的肩，『妳休息一下，我來看護就行了。』

麗瓊拚命搖頭，眼眶裡蓄滿的淚也被甩了出來，『不，我要守著他，我要他醒來第一眼就看到我。』

握緊高霖的手，麗瓊俯首在他的掌背上，印下她的淚和吻。陷在電梯時，她記得，她脫口喚出的不是秦龍程，而是高霖！昏沈中，她的腦海裡浮現的也全是高霖的面孔，高霖的笑、高霖的癡、高霖的妒……

　　是的，她愛高霖，在生與死的邊緣，她總算明白，她愛他！

　　高霖沒有血色的臉龐，彷彿死了一般，然而，麗瓊知道，他絕對捨不得丟下她的。『要是我的話，我絕不會讓妳哭。』當年她心碎地離開秦龍程、投向高霖時，高霖是這樣信誓旦旦承諾著。他說過，他不會讓她哭的，他不會。

　　清晨，第一道陽光暖暖地照了進來。

　　任性，是愛情的繭，常常蒙蔽了真心，它曾經害麗瓊失去一段摯愛，她不會再讓它扼殺了第二段。

　　『高霖，求求你，一定一定要醒來──』撫著高霖的臉龐，麗瓊柔聲低訴著：

　　『因為，我決定要愛你一百萬個日子！今天，是第一天。』

　　陽光，更燦亮了。

賭王鬥千王

———

CHAPTER 06

不管莉菁如何『含沙射影』、『暗示竊指』，

柏欽仍遲遲不肯提出結婚的請求，

莉菁只好祭出『虛張聲勢』和『破釜沈舟』兩記殺手鐧……

馴悍記（上）

『女人，是很好追的。』

柏欽志得意滿地向『豬哥公會』的同好們誇耀他的獵豔心得。

想當年，他在短短幾個月內就把眾豬所『哈』的公司之花莉菁追到手，還跌破了不少人的眼鏡呢。大家都很好奇：憑他當時還只是一名小小課長，長得雖不至於『妨礙市容』，但也絕對稱不上俊挺迷人，有房有車卻仍嫌不夠多金，他到底憑哪一點獨獲佳人青睞呢？

『讓女人知道你要追她，可以滿足她的虛榮心，但像這種很

多人追的搶手貨，死纏爛打是絕對行不通的。愈多人追她，你就愈要不 bird 她。』

　　『什麼不「bird」她？』有人發問了。

　　『不「鳥」她啦！故意好像對她一點興趣也沒有，反向操作，才能出奇致勝。』

　　當公司大半男同事得知客戶服務部來了位大美女、全都蠢蠢欲動時，只有柏欽一副不為所動的樣子，其實，暗地裡他隨時眼觀四方、伺機而動。果然，皇天不負苦心人，讓他逮到了『下手』的良機。

　　第一次接觸，發生在電梯口。莉菁抱著一大疊資料正要進電梯，一不留神，資料散了一地，柏欽眼明手快衝到電梯口，佯裝碰巧路過，然後順手幫莉菁撿拾，而且，從頭到尾沒正眼瞧莉菁一眼。從莉菁因為被漠視而微慍的表情中，柏欽知道自己已成功跨出了第一步。

　　她，記住他了。

　　『女人不一定會記得讓她開心的男人，但一定不會忘記讓她

生氣的男人。」柏欽一副專家口吻。

　　數日後，他們有了第二次接觸。那天下班前，突如其來一場驟雨，大雨來勢洶洶，似乎一時半刻不會歇停，看到在簷下躲雨的莉菁，柏欽從容地拿出準備已久的雨傘，走向莉菁：

　　『這把傘借妳。』

　　『呃，不必了，你也要用吧？』

　　『我一個大男人淋點雨算什麼，但我絕對看不得女人淋雨。』

　　他二話不說把傘硬塞給莉菁，不由分說衝入雨中，不用明說也感覺到背後一雙欣賞又感激的眼睛正緊盯著他。

　　『撿東西、借傘，太老套了！我三歲時就會了。』豬哥公會中最愛『吐槽』的阿信嗤道。

　　『招不怕老，有用則靈！』柏欽眉飛色舞地分析起來，『不鳥她，讓她恨得牙癢癢，再藉機表現溫柔，讓她愛得心慌慌，這樣又恨又愛，保證教女人為你瘋狂！』

　　前兩回的出擊，還只是牛刀小試而已。這次，是在客服部經理室裡。莉菁因處理客戶抱怨不當而被投訴，柏欽隔著玻璃窗眼

看莉菁被罵得狗血淋頭，他走過去敲了經理室的門。

『歐陽經理，我有一件企畫案需要您們協助，咦？怎麼了？發生什麼事？』

『唉，還不是顧客投訴。』

『有時也不一定是服務人員的錯，有些顧客就是很無理取鬧。』

『你說得是沒錯，不過……』經理有點動搖了。

『如果真要怪罪，我們業務部也難辭其咎，要是我們在貨物售出前充分告知客戶使用方法，這事也不會發生，您說是不是？』

莉菁感激涕零的神情，沒有逃過柏欽的法眼。

這招『英雄救美』，果然劇力萬鈞！還沒到下班時間，柏欽桌上的電話響了，是莉菁邀他吃飯，以答謝他的『救命之恩』。

『女人，是很好騙的。』

柏欽愈說愈得意，『尤其是像她這樣的處女。』

『不會吧？這年頭找一個 25 歲以上的處女，比找一隻恐龍還難吧？』阿信又凸槽道。

　　『是真的！要騙過我這「閱女人無數」的情場浪子哪那麼容易啊？』

　　幾個禮拜的交往後，柏欽很意外地發現：莉菁並不像她外表裝扮那般的風騷新潮，相反地，是個十分潔身自愛的傳統保守女性。柏欽原以為撿到的只是一顆漂亮的鵝卵石，作夢也沒想到居然是顆稀有的大鑽石！莉菁的守身如玉雖然難得，但要突破這種女人的心防，顯然必須有更周延的作戰計畫。

　　這天，柏欽故意多灌了幾杯酒，酒過三巡，他開始語無倫次：

　　『我好愛好愛李莉菁，妳知不知道？為了她，我什麼都願意做，死也可以。』柏欽假裝醉眼迷濛認不得眼前的人是莉菁。

　　『我知道，我知道。』莉菁哄他。

　　『不，妳不知道。』柏欽繼續再接再厲擠出兩滴淚，『這樣深深愛著一個人，是很苦的，可是，我就是控制不了不去愛她。』

　　語畢，柏欽叭地倒在 PUB 桌上，一邊透過眼縫中偷瞄莉菁感

動泫然的臉龐。一點也不出他所料，只要擺出苦情男人的姿態，再貞烈的女人也會心疼不已、心旌神馳、心神蕩漾……

　　『直接說就好了，幹嘛還藉酒裝瘋？』有人提出問題。

　　『這你就不懂了，交往不深就直接明說，女人會懷疑你是見一個愛一個的花花公子，但是喝過酒後再告白，女人會以為你是藉酒壯膽、酒後吐真言。』

　　一番『酒後吐真言』之後，他們的感情便以太空梭的速度增進，但在肢體的接觸上卻仍是蝸牛爬行。柏欽總在送莉菁到家後輕道一聲『晚安』便旋身離去，一直到某一晚，風沙飛進莉菁眼中，他溫柔地為她吹拂著，兩人臉龐如此接近，霎時，就像言情小說的情節一樣——兩人四目相投、天雷勾動地火，四片唇逐漸靠近……

　　『你就吻了她，對不對？』阿信插嘴道。

　　『錯！這樣做，我跟你這種單細胞生物有何分別？』

　　就在莉菁也以為柏欽要吻上她時，柏欽卻方向一轉，只吻上了她的臉頰。

『吃緊只會弄破碗，先讓她若有所盼再讓她若有所失，才能把女人弄得心癢難耐，懂不懂？』

幾天後，莉菁因心情不好哭倒在柏欽懷裡，藉著溫柔安慰，柏欽終於吻了莉菁。從莉菁狂野又熱情的回應中，柏欽知道，之前埋下的引線終於在這一刻引爆了！後來，他雖曾多次情不自禁、險些侵犯了莉菁，卻都在『臨門一腳』前踩了煞車。『愛就是尊重，我不能冒犯妳。』柏欽邊扣回鈕釦，邊裝出壓抑得很痛苦的模樣，當然，他沒有忽略莉菁眼角悸動的淚光。

一切，都在柏欽的算計中。

在情人節這個『失身日』，兩人吃完大飯店的燭光晚餐、浪漫慶祝後，柏欽便假借『酒後亂性』、『迷迷糊糊』突破了最後的防線。

『女人最怕男人愛的是她的身體，而不是她的人。』

『你忍了那麼久，就是要讓她相信你愛的是她的人，然後心甘情願付出身體，對不對？』阿信接口道。

『小子，總算開竅了！』柏欽拍著阿信的肩，『女人呀，是

最矛盾的動物，怕男人不愛她的肉體，又怕男人只愛她的肉體。』

　　一夜纏綿後，柏欽相當滿意地發現莉菁果真是未經人事的黃花閨女。

　　『真的是處女？』又有人提出疑問。

　　『哼！憑我身經百戰「處女終結者」的名號，是不是處女？我一試就曉得了。』柏欽神氣道。雖然自己是風流大嫖客，但他可不容許娶個非完璧的太太哩。

　　娶得美嬌娘歸後，他們確實過了一年多只羨鴛鴦不羨仙的幸福日子，然而，柏欽血液中的風流因子終究不堪久蟄，何況他現在是準副總經理候選人，沒有一、兩個情婦豈不是遜斃拙斃了？

　　就在莉菁宣佈懷孕後，柏欽剛巧搞定了一名溫柔又聽話的情人，廖夏芬。

　　每週固定兩晚『應酬』到藏嬌的金屋來，柏欽始終謹慎行事，他可不想讓這些插曲破壞了他的家庭、毀了他『成功人士』完美的形象。畢竟對男人來說，再迷人的情婦一旦『升格』成老婆，還不都是一個樣，何苦沒事找事來『最佳老婆，換人做做看』呢？

因此，每回偷腥，柏欽不但事前妥善編好藉口，事後還不忘喝兩口酒來壓住廖夏芬的香水味，至於車上身上更要仔細搜尋一遍，萬萬不可留下一點蛛絲馬跡。

原以為這種齊人之福可以一直高枕無憂享受下去，不過，好像有句話是這樣說的：『夜路走多了，終會遇見鬼！』

甫與廖夏芬溫存過後，柏欽吹著口哨準備回家做個『標準丈夫』，廖夏芬照例黏著送他到巷口停車場。就在他打開車門回頭要給廖夏芬一個晚安吻時，一聲『老公』差點沒把他的七魂六魄嚇散了。

街燈下，他那位小腹已微略隆起的嬌妻正姍姍向他走來。

『老公，你不是和陳總去應酬嗎？怎麼會在這兒？這位是……』

『呃，她……她是我同學……的老婆，廖夏芬。』

『妳叫廖夏芬？妳是不是住那棟大樓？』莉菁指著巷內一棟大廈，『我朋友也住那裡，她說她們七樓搬來一位美女姓廖，原來就是妳呀！』

　　眼看老婆和情婦這組『王不見王』竟狹路相逢，柏欽當下決定非將兩人迅速拉開不可，『夏芬，妳不是要幫妳老公買煙嗎？快去吧！』

　　待車子發動後，柏欽一路故作鎮定吹著口哨，一面偷眼觀察莉菁的反應，好半晌，莉菁開口了，口氣雖雲淡風清，每個字卻像千斤巨石般擊落下來：

　　『我朋友說那位廖小姐好像還是單身哩。』

　　慘了，這下穿幫了！但是，憑他張柏欽在情場上水裡來、火裡去數十載，當然不會自亂陣腳來壞了他『風流教父』的一世英名。

　　『不瞞妳說，她是我高中同學的小老婆，金屋藏嬌的那種。』

　　『哼，好爛的男人！是你哪位同學啊？』

　　『呃，他呀，他、他叫王宏財，妳不認識啦，我也是幾個禮拜前才在路上偶然碰見的。』

　　『可是，我好像看到你把手搭在那女人肩上。』

　　『怎、怎麼可能？她是我同學的女人，朋友妻不可欺啊，而

且她還幫我同學生過一個小孩呢，小孩現在是女方南部老家父母在帶。」看莉菁愈來愈相信的神情，柏欽掰得更是起勁，『今天應酬結束得早，我就順道來請教她如何生一個健康寶寶，我們一整晚都在談妳，她還告訴我孕婦情緒容易不穩定，要我多體諒妳呢。』

『真的？』莉菁天真地笑了，『老公，你好好哦！』

看著身畔又送飛吻又撒嬌的老婆，柏欽再次用事實證明了自己處變不驚、臨機應變的過人功力。而且，他也正好可以趁這機會甩了廖夏芬，他對她膩了，最近他看上的是公司新來的會計，新會計似乎對柏欽也挺有意思的，老有意無意對他眉來眼去。

『女人的判斷力是很差的，你們看，幾句話就把我老婆弄得服服貼貼的，乖得像小貓咪一樣。』

柏欽很權威地下了結論：

『*女人，是很好哄的。*』

降龍記（下）

『男人，是很好拐的。』

莉菁向最近才重逢的大學手帕交阿茵面授擄獲男人的機官。

當初進新公司前，莉菁便發下『一年內把自己嫁掉』的宏願，結果，就職不到一週，她就成了公司的風雲人物，還被封為『公司之花』。雖然莉菁長得還算秀麗迷人，但也實在夠不上沈魚落雁，身段匀稱有致卻仍嫌不夠『突出』，而在這家擁有三、四十名女性員工臥虎藏龍的公司裡，莉菁之所以能在短時間內備受矚目、贏得『花名』，著實多虧那束大得嚇死人不償命的鮮花。

上班第二天，一早，櫃台小妹就捧進來一大束花。

『李小姐，花店剛送來的，指名請妳簽收。』

周圍的同事都好奇圍上來七嘴八舌，莉菁卻一副無動於衷的表情，彷彿早習慣了這種場面似的，『小妹，妳幫我把這花丟了。呃，我看，不然把它拆了送到每個部門去，讓大家的辦公室都有點綠意吧。』

果不其然，在小妹的四處放送下，一天內，全公司上下都知道客服部這位新來的職員有個闊氣的愛慕者。開始有些男同事有意無意『晃』來客服部偷看莉菁，在這股氣氛烘抬下，就算是毀容型長相的人看來也會國色天香，更何況莉菁原就長得不俗，很快地，公司裡那些『採花賊』一個個向莉菁展開了攻勢。

　　『男人都是好奇寶寶，愈多人追的女人，他們愈有興趣，愈能激起男人的鬥性。』莉菁揚聲道。

　　『到底是誰送妳那一束花的？』阿茵記得莉菁說過，進公司前她才剛和男友分手。

　　『那些花呀，嘿嘿，財神爺送的！』

　　『財神爺？』阿茵恍然大悟道，『喔，是妳自己買的呀？』

　　『這就叫「投資」！要釣大魚，就要先捨得下大餌。』

　　幾乎每天下班前，莉菁就會收到四、五個人的邀約。在『寧可錯殺一萬，絕不放過一人』的最高行動守則下，莉菁總儘可能技巧地錯開每場約會。

　　『余經理，我必須趕回去照顧生病的母親，所以只能跟你喝

杯咖啡，七點我就得走了。』

　　接下來，『我下班後要先去朋友家拿東西，吳先生，七點半我們在餐廳見吧。』

　　第三攤，『下班後我要去補習英文，如果沈主任不嫌晚，九點半下課後我們去吃宵夜。』

　　再不行，『今晚我要去做義工，明晚好嗎？』

　　儘管忙著周旋於眾男人之間，莉菁仍很謹慎地與追求者保持若即若離，讓他們人人有希望、個個沒把握。慢慢地，在莉菁將一些『阿沙不魯』的人過濾掉後，有個人特別挑起了她的注意——與憤怒。每當莉菁刻意打扮得花枝招展、送資料到幾乎清一色都是男人的業務部時，所有人都會像蒼蠅蜜蜂一樣飛來她這朵花身邊，只有叫張柏欽的那個死人，連眼皮也沒抬一下，簡直忘了她的存在。

　　『我記得你說過，當年他只是個小課長而已，追妳的人中，多的是比他高階的主管，妳為什麼特別對他感興趣呢？』阿茵不解道。

『這妳就有所不知囉，婚姻是一樁長期投資，眼光一定要放得遠。我早就打聽過他是總經理夫人的姪子，有一次，我還偷聽到總經理說要好好栽培他成為接班人呢。』

因此，莉菁早早就相中這支潛力股了。

這天，正欲進電梯之際，她發現張柏欽剛巧向她這邊瞟來，她馬上當機立斷，弄掉一地的文件。當柏欽過來伸出援手時，莉菁還不忘假裝氣惱自己的笨手笨腳而櫻唇輕噘、風騷賣弄一下。從柏欽斜睨的目光中，莉菁知道這男人上鉤了。

他，記住她了。

那個下雨的午後，她正欲拿出隨身攜帶的摺疊傘時，卻見柏欽拿傘走過來，莉菁當場決定把傘藏好，待會假借躲雨衝進他的傘下，她就不信在滂沱雨中他會抗拒得了一個渾身濕漉的纖弱美女。怎料這隻呆頭鵝居然走過來把傘交給她，便一頭奔進雨中。莉菁立即改變戰略，站在騎樓下，用脈脈含情的眼光目送他消失。

『人都走了，還看什麼看？』阿茵問。

『雖然背對著我，但他一定能感覺到我眼中放出的電力，所

以，後來他才會在經理罵我時挺身為我解圍呀。』

當柏欽以英雄的姿態跨進經理室為莉菁辯護後，莉菁一通電話就激到了柏欽。自第一次約會起，莉菁便不斷透露自己是多麼一位保守矜持的女子。

『很多人看我打扮得很新潮，以為我一定很開放，可是我是非常傳統的，我反對婚前性行為，我覺得應該把最好的留給婚姻。』她眨著無邪的大眼，『你會覺得我太古板嗎？』

『不，我覺得像妳這樣的女人很難能可貴。』

從柏欽眼中讀到了讚賞，莉菁明白，自己正一分一分地掌握住這個男人了。

『這時代還有男人這麼在意女人是不是處女呀？』阿茵瞪圓了眼。

『別傻了，那些口口聲聲說不在意處女的人最在意了。男人是很自相矛盾的，他們一面希望能染指天下所有的處女，一面又不希望他的女人被其他男人染指過。』

不過，柏欽對她的這份『尊重』，倒是讓莉菁不免煩躁著急

了起來。談了幾週戀愛，他們的關係居然還保留在拉手這種『純情』的階段。於是，莉菁決定給柏欽下帖猛藥。

偽稱剛得知前男友結婚、心情不佳，莉菁撲倒在柏欽懷裡哭得梨花帶雨。柔弱的女人，教男人毫無抵抗力，柏欽終於在端起莉菁的臉為她拭淚時，情難自禁地吻了她。那一吻，狂熱如火，莉菁一時昏了頭、熟練地『唇槍舌戰』起來，等她察覺到一個處女不該有如此猛烈的回應時，急中生智，她羞澀地驚呼一聲：

『糟糕！你的口水跑進人家嘴裡，萬一精……精子也跟著跑進去，人家會懷孕啦。』

『懷……懷孕？』柏欽被莉菁貧乏的性知識給嚇住了，『妳的健康教育是怎麼學的？哈哈哈，精子會從我的嘴巴跑進妳的嘴巴？哈哈……』

莉菁又羞又惱，急得快哭了出來，柏欽見狀，停住了笑，『妳跟以前的男友也沒有接吻過？』

『對呀，我只讓他親我的臉，所以他才氣得跟我分手，可是，你卻……嗚，怎麼辦啦？』

『小傻瓜，誰告訴妳接吻會懷孕的？』

柏欽狂喜地攬住莉菁，彷彿抱著的是什麼無價之寶。

『他、他、他會相信妳這麼「清純」？』阿茵震驚得口吃了。

『他呀，只差沒樂得飛上天哩。』

『他該不會以為這真是妳的初、初、初吻吧？』阿茵覺得自己快昏倒了，莉菁這花花女郎的風流情史就算不能寫成一部列傳，至少也足以拍成一部香豔刺激的三級片。

『哈，就算不是，也差不多了。記住，即使妳是「唐朝豪放女」，也要不停說服對方相信妳是「清純美少女」，說到連妳自己都相信為止。』

那一吻過後，好幾次，他們在最後防線上拉鋸，柏欽忍得痛苦，莉菁也守得辛苦。眼見柏欽老是一副『忍到最高點、情願流鼻血』的柳下惠模樣，莉菁遂計畫來個天衣無縫的『失身計』。

一切，都在莉菁的盤算中。

吃完情人節大餐，莉菁邀柏欽到家裡聽音樂，順便斟了酒助興。酒，是百試不爽的催情劑，莉菁裝作不諳酒性，醉臥在柏欽

身上左磨右蹭、上扯下纏。事實上，憑她闖蕩江湖練就的千杯不醉酒量，要醉倒談何容易？她一路灌柏欽酒，但也恰到好處只灌他到六、七分醉。一個爛醉如泥的男人是很難侵犯女人的，六、七分醉剛好可以使一個男人脫下顧忌、釋放獸性。

當晚，莉菁就在『酒醉失身較自然』下被柏欽『侵犯』了。完事後，莉菁哭得唏哩嘩啦：

『嗚，人家已經被你「那個」了，』切記，處女是說不出『做愛』兩個字的，『我以後怎麼嫁人呢？我老公一定會嫌棄我，嗚──』

『放心，妳老公就是我，我怎麼會嫌棄妳呢？』

柏欽又疼又憐又暗爽在心裡地拭去莉菁的淚珠。

『男人，是很好騙的。』

莉菁一臉的老謀深算，『他們自以為是又缺乏判斷力，全都是一群自大狂，以為自己真的魅力十足，讓女人守護幾十年的貞操也會為他們失守。』

『他真以為妳是處……處女？』阿茵這回差點從椅子上跌了下來。

『這就是演技問題嘍，當然，也多少靠現代醫學「補破網」的幫忙啦。』

『補破網？喔，妳是說處女膜修整……』

兩個月過去了，不管莉菁如何含沙射影、暗示竊指，柏欽仍遲遲不肯提出結婚的請求，莉菁只好祭出『虛張聲勢』和『破釜沈舟』兩記殺手鐧。

她向花店訂了一週的花送到公司。柏欽本來不以為意，但看到花一束大過一束，不免開始懷疑有人想動搖他『真命天子』的地位了。

『花很漂亮嘛，誰送的？』柏欽刺探道。

『不知道，只寫了「知名不具」，不過，我已經交代小妹，花店再送來就拒收。』

『寫「知名不具」，妳卻不知他是誰，這人也真無聊。』

莉菁把柏欽故作泰然的神態看在眼裡，接著進行 B 計畫。她

開始食不下嚥、噁心想吐、疲倦昏睡，症狀明顯到柏欽想刻意忽略都不行。

在柏欽車上，莉菁哭成了淚人兒，『你看，這試紙上顯示……我懷孕了！』

柏欽看著驗孕試紙，臉色十分難看，『除了第一次外，我們不是都有戴保險……不會第一次就中獎吧？我載妳去醫院再仔細檢查一遍。』

『嗚，你們男人都這樣，說什麼到醫院檢查，還不是要拐女人去墮胎，嗚，如果你不要這孩子，我自己生下來撫養好了。』

莉菁打開車門，拂袖而去。

不想自己的孩子『父不詳』，更不想自己這擂臺主的地位被篡走，柏欽向莉菁求婚了。婚禮過後，莉菁才又哭又笑向柏欽解釋：可能試紙驗錯了，她，沒有懷孕！

『真的是試紙驗錯了？這機率也太小了吧！』阿茵問。

『當然不是，我是找個懷孕的朋友幫忙「借尿生子」啦。』

結婚年餘，莉菁真的懷孕了，隨著她的肚子愈來愈隆起，柏

欽愈來愈晚歸，連碰莉菁一根手指的興致都沒有。憑著也曾是有婦之夫的第三者，莉菁敏銳地嗅出一絲不尋常。

　　找徵信社盯了幾天梢，馬上就掌握住『情敵』的所有資料，怒不可遏的莉菁本想和柏欽當面對質、再當堂審問，幸而從前多次與別人搶男友、奪老公的作戰經驗，訓練她冷靜下來分析情勢──柏欽職位節節上升，勢必可帶給她更豐裕富足的物質生活，相反地，她一個女人離了婚，行情不但下跌，還得自力更生……仔細評估下來，保留這樁婚姻顯然利多於弊，何況從柏欽小心翼翼湮滅證據看來（徵信社連他『善後』的情形都鉅細靡遺記錄下來），他和那女人應只是露水情緣，不至動搖她正宮娘娘的寶座。

　　心意已決，莉菁便跟蹤柏欽，故意和他們對了個照面，再大智若愚假意信了老公的說辭。翌日，她私下跑去見廖夏芬。

　　『我老公都跟我坦白了，還發誓要跟妳一刀兩斷，可是，我覺得我還是應該過來……通知妳。』

　　『對不起，我……』廖夏芬尷尬得手足無措。

『唉，我老公就是這樣，不時偷偷腥、拈花惹草，結婚一年多來，我已經幫他處理過好幾次這種事，要不是有孩子了，我……』莉菁逼出兩滴淚。

　　『我、我會離開他的。』

　　『那就好。』莉菁擦乾淚，『對了，這房子我已經替我老公退租了，不過，妳還是可以住到月底。』

　　『不用了，我下禮拜就搬回高雄。』

　　搞定！莉菁得意地走出大廈，沒想到兩三下就擺平了這位顯然初次介入別人家庭的『資淺第三者』。

　　『男人自以為很聰明，可以瞞天過海，卻不曉得孫悟空再厲害，也逃不過如來佛的掌心。妳看，廖夏芬事件過後，他現在多安分哪！像今晚，他跟公司新來的會計要加班核對帳冊，都先打電話回來報備。先嚇嚇他，再假裝信任地哄哄他，他就乖得像哈巴狗一樣了。』

　　莉菁開心地總結道：

　　『男人，是很好哄的。』

恰似你的溫柔

CHAPTER 07

莎士比亞的『羅密歐與茱麗葉』。茱麗葉悲傷問：

『我唯一的愛，來自我唯一的恨。

如果不該相識，為什麼要讓我們相遇呢？

羅密歐啊羅密歐，為什麼你是羅密歐呢？』

邱儷玉啊邱儷玉，為什麼妳是邱儷玉呢？

她們都叫他『袁大少』。

只要袁大少一踏進百花酒店，鶯鶯燕燕的招呼聲便不絕於耳，連沒被點到名的小姐都會專程進來包廂，黏黏地喚上一聲：

『袁大少！』

酒店中最受客人青睞的稱為『紅牌公關』，而袁大少應該可以封為『紅牌客人』。

『長得不錯、談吐不俗、出手大方、又是大老闆，像袁大少這樣的男人，絕對是所有女人的夢中情人。』曾坐過袁大少幾次

檯的莎莎雙眼迷濛道。

『不過，他這人也很奇怪，從不指定小姐、不帶出場、也不毛手毛腳，好像真的是來「純喫茶」的哩。』另一位女公關寶兒道。

『幹嘛？人家不吃妳豆腐也不行啊？』旁邊的幹部揶揄寶兒，惹來寶兒一雙白眼。

『說到怪，有一次我不小心在他的白襯衫上留下唇印，換來別的男人一定會想消滅證據，免得被老婆興師問罪，沒想到袁大少不但不擔心，還要我以後多多在他的衣服上留下「紀念品」呢。』莎莎說。

『他是不是變態狂呀？酷愛收集唇印？』一名新來的女公關嚷道。

『也許他老婆很開明吧，人家袁大少才不會是變態狂，他可清純得很呢。』寶兒回憶道，『我記得他第一次來的時候，我要坐他的大腿，他居然閃開了，害我差點跌了個狗吃屎。』

寶兒邊說邊表演，逗得大夥兒一陣鬨笑。

袁大少第一次到百花酒店，是大學死黨兼事業夥伴吳奇舜硬

拖他來的。

　　『吳老闆，您來啦！咦，這位是……』酒店經理熱情地過來招呼。

　　『他姓袁，是我結拜老弟，但是在公司他是老大，我是——老二！』吳奇舜刻意把『老二』說得曖昧雙關，『代韶，你下個月就要走進愛情墳墓了，趁現在好好瘋他一瘋。』

　　『袁代韶？袁大少！袁老闆的氣質真像古代風流倜儻的書生少爺，我就叫您「袁大少」，好不好？』經理諂媚地問。

　　自此，『袁大少』成了袁代韶在另一個花花世界的名字。

　　他從不以為自己會喜歡這種紙醉金迷的地方，但是，那晚，當他醺然地返回家門，癱軟在床上任由準老婆儷玉為他寬衣解帶時，驀地，從褲袋中迸落出一只打火機。

　　『百花酒店！』儷玉喃喃唸著打火機上的字。

　　醉眼惺忪中，袁代韶仍清楚看到儷玉臉上的晦暗，那一刻，他的心底竄起一絲莫名的快意。

　　他開始去得很勤，除了偶爾幾次是陪客戶應酬外，絕大多數

他都一個人，喝酒聊天唱歌，然後準時午夜一點離開。酒店公關小姐們有的私下喚他『灰王子』，就像灰姑娘必須在午夜十二點前離開王子的懷抱一樣，灰王子總在時針指在『一』時倉卒離去。

　　只不過，灰姑娘怕的是魔法會消失，他卻企盼心中的『魔』能消失。

　　『袁大少，您兩個多禮拜沒來，可想死我們了。』一群女公關蜂擁而來。

　　『我老婆身體不適住了幾天醫院，我要在家帶兒子，還要去醫院照顧老婆，都快累垮了。』

　　『您老婆命真好，有袁大少這麼好的老公。』

　　好老公？如果真是好老公，現在他不會在這裡。老婆險些小產，好不容易穩定下來回家靜養，他卻丟下她，忙不迭地跑來溫柔鄉尋求慰藉。

　　『尋求慰藉？你到底需要什麼慰藉？你還有什麼不滿足的？』吳奇舜不只一次問他。如日中天的事業、賢慧美麗的妻子、

一個乖巧伶俐的兩歲兒子，每個人都羨慕他『人生至此，夫復何求？』只是，為什麼他總覺得心底有個填補不了的缺口，不時、不時地吹入蝕骨的寒風呢？

　　『我不想那麼早回家。』他說。

　　他不想那麼早回家，總非得等到午夜一點儷玉上床後才進門，他不想面對儷玉，不想面對她曾背叛過他的事實。然而，回憶是那麼矛盾而叛逆的東西，愈不願面對，愈無法忘卻，往事，總愛在夜闌人靜襲上心頭，一次又一次掀起心中的滔天駭浪……

　　那年，他們還年少、正輕狂。

　　Ｔ大的禮堂。

　　『嘩！太成功了，這齣戲將成為我們戲劇社的經典之作。』社長拿出香檳雀躍地奔進後台。

　　袁代韶褪下羅密歐的戲服，端起香檳，敬向飾演茱麗葉的邱儷玉。

　　『敬首演成功！茱麗葉。』

　　『明天也請多多指教！羅密歐。』

　　沁涼的香檳滑下咽喉，仍澆熄不了殘留在袁代韶體內的，羅密歐的熱情。

　　幕起，幕落，三場轟動全校的演出，為羅密歐與茱麗葉感人的愛畫下句點，也為袁代韶和邱儷玉的愛情揭起了序幕。

　　相配的外型、相稱的才華，他們是眾人眼中天生的一對，袁代韶也相信，儷玉會是他此生唯一的伴侶。『一生只愛一次是幸福的。』他喜歡『藍與黑』這本書的作者王藍的這句話。

　　弱水三千，吾只取一瓢飲，儷玉，是他僅想汲取的那一甌甘泉。

　　『兩年，最多三年，等我回來。』

　　『我會的，相信我。』

　　袁代韶為儷玉套上訂婚戒指，帶著她的淚珠和信諾，踏進了飛往紐約的航班。留學深造，是袁代韶義無反顧的逐夢；情變，卻是邱儷玉殘酷寡信的抉擇。碩士畢業的前四個月，從兩人手機視訊中儷玉飄爍的神情，袁代韶隱約嗅出了一絲不尋常的訊息。

　　『妳是不是跟別的男人……在交往？』紐約午夜的街頭，袁代韶對著手機，劈頭直接明問。遠距離戀愛，變心分手幾乎是常

態，前兩天，他的室友看出他的痛苦憂慮，了解地拍拍袁代韶的肩，『小袁，別做傻事，知道嗎？女人嘛多的是，再找就有。』

儷玉不只是女人，她是他心頭的一塊肉、是他胸口的朱砂痣、是三千弱水中他只要的那一瓢。

電話那一頭，『沒……沒有，我是你的未婚妻，怎……怎麼會跟別人交往？』儷玉答得急促而慌亂。

『沒有就好，如果妳真的愛上了別人，我不想是最後一個知道的人。』

『你別亂猜啦。』

他相信了她。

比預計返國的時間提早了三天，他想給她一個驚喜，下飛機直奔儷玉的住處，在巷子轉彎口，卻目睹了儷玉親暱地偎進一個男人的懷裡，雙雙步入公寓……

夜露，愈來愈重，他的心也跟著一吋吋沈落。一直到翌日上午，公寓的門開了，和儷玉一道步出的是，昨夜那個男人。

　　烈陽下，汗珠，涔涔滑下他的眉尖，和著淚水，浸濕了他的眼瞳。

　　『為什麼要騙我？』長夜的等待，煮沸了他的妒意，一見到儷玉和那男人，袁代韶便一個箭步衝上前去。

　　『我……』儷玉一臉驚惶。

　　『你是誰？你想幹嘛？』那男人挺身想護住儷玉，卻教儷玉制止了。

　　『代韶，我……』儷玉深吸口氣，指著身旁的男人，『五、六個月前我在暗巷被人襲擊，是阿國他救了我的，他……我……代韶，對不起……』

　　為什麼要騙我？為什麼背叛我？為什麼——

　　晴朗的藍空，彷彿在呼應他的悲憤，驟地凝來一團厚雲，在眾人措手不及之際，便劈哩叭啦下起豆大的雨點。那個叫阿國的男人拖著儷玉，轉身離開，路上行人飛奔躲雨，只有袁代韶一人木然立在大雨滂沱的街道。

　　『啊——』他仰著頭，任雨滴打在臉上、身上、心上……

是鋼鐵般的意志，讓他咬緊牙根渡過了行屍走肉的大半年，也讓他在接管父親的工程公司短短不到幾年，就創下傲人的規模。這天，他來到新的工地巡視，突然，幾個滿身刺青的男人嚼著檳榔、大搖大擺走了過來。帶頭的是一個帥挺得有些邪氣的男子。

　　『喂，叫你們工頭或負責人出來。』

　　袁代韶止住身旁的工頭，向前跨了一步。

　　『我是這裡的負責人，請問有何貴幹？』

　　『「跪幹」？哈哈哈，我這人從不跪著幹的！』男人邪惡地冷笑幾聲，指著身後那個腿上亂七八糟綁著繃帶的小嘍囉，『老兄，你們磁磚、水泥亂堆亂放，害我兄弟絆倒受傷了，你看該怎麼辦？』

　　『那你說該怎麼辦？』袁代韶冷冷地反問，緊瞅著跟前這個有點眼熟的男人。

　　『這醫藥費少說也要個五、六萬，還有精神損失……』

　　不過是些不入流的三腳貓角色，也想來收保護費！見多了這種場面，袁代韶本想嚴詞厲斥回去，卻陡然瞥見男人搖晃的右手

上那尊晃動的關公臉譜。

是他！

袁代韶心念一轉，拿出皮夾裡的一疊鈔票，『這裡大概有三、四萬吧，算我請各位喝茶，可是，僅此一次下不為例，如果你們膽敢再來，我保證，你們絕對會後悔的。』他把錢向空中一拋——

在鈔票飛舞中，袁代韶恘恘看著關公刺青的男人耍派頭地吆喝身旁小弟撿錢。是他！那晚和儷玉在一起的人，就是他！

不甘和屈辱，是滾燙的岩漿，在他心底蠢蠢欲動。他竟、竟輸給了這種人渣！

『袁總，對不起發生了這種事。我認得那人，他叫阿國仔，是附近的混混，其實您不必給他錢，我可以擺平……』工頭在袁代韶耳旁喳呼解釋道。

袁代韶一逕盯著那個叫阿國仔的男人，看他趿著拖鞋姍然跨上機車揚塵而去，渾然不覺自己的拳頭已握得青筋暴突。

很快地，袁代韶查到了儷玉的新住處，知道她和阿國仔仍在一起，也知道她曾幾番離開阿國仔，卻又因缺乏足夠的動力和勇

氣，最後還是在阿國仔死纏爛打下回了頭。

　　有些女人是情感的菟絲花，總得攀附著男人才活得下去。在沒有找到另一個可依靠的臂膀、在騎士駕著白馬來拯救之前，她們是不敢輕舉妄動的。寧可受辱賴活，也不肯痛快死了去。

　　袁代韶擱下徵信社鉅細靡遺的調查報告，讓自己沒身在香煙裊裊的氤氳中。

　　『我唯一的愛，來自我唯一的恨。如果不該相識，為什麼要讓我們相遇呢？啊，羅密歐呀羅密歐，為什麼你是羅密歐？』

　　邱儷玉呀邱儷玉，為什麼妳是邱儷玉？

　　袁代韶唯一的恨，來自唯一的愛。

　　袁代韶又重新追求起邱儷玉。那次街上的偶然重逢，其實是他處心積慮的安排。

　　『嗨，好久不見！』他說。

　　『呃……嗯，好……好久不見。』儷玉無措得恨不得地上有

個洞鑽進去。

　　『妳好嗎？結婚了？』

　　『沒……還沒結婚，我……』她欲言又止。

　　袁代韶留下彼此的連絡電話，一步一步進行他的計畫。以前，他只是一名平凡的大學生，只能談一場追風逐雲、散步賞月的窮酸戀愛；如今，他是一家大公司的總經理，可以用燭光晚餐、鮮花鑽石將愛情綴飾得目眩神迷。當年的他對愛懵懂又憧憬，以為只要愛了便是互古不變；現在的他被唯一的一次愛情磨得滄桑冷酷，他用了點小計謀，使阿國仔不得不逃到南部以避開一清專案。他必須爭取和儷玉舊情復燃的時間。

　　當年，他會在儷玉的宿舍門口淒風苦雨痴等幾小時，好給她一個『不期而遇』的驚喜；現在，他直接衝進儷玉的屋裡，用掠奪者的神情要求儷玉嫁給他。徵信社的報告寫得很清楚，前一晚阿國仔偷偷潛回儷玉的住處，發現了袁代韶故意遺留的皮夾，一時妒火中燒，打了儷玉。此時，正是儷玉最脆弱無助的時刻。

　　『不，我不能嫁給你，阿國不會放過我、也不會放過你的。』

『他那邊我自有辦法解決，問題在於妳，妳願意嫁給我嗎？』

『我……』願意兩個字被儷玉硬生生吞了回去。當年她就明白自己錯了，跟阿國在一起，全因寂寞難捱，只是，代韶的恩斷義絕，卻逼得她不得不將錯就錯。先負心的人，還有什麼臉回頭呢？

代韶走到窗邊，背對儷玉，喃喃唸誦著當年舞台劇的台詞：

『茱麗葉啊，要是得不到妳的愛，我——情願死！』

羅密歐的台詞，惹得儷玉零淚紛落，當年那個飾演茱麗葉的自己，是怎麼也、怎麼也回不去了。

『難道你、你不介意我和阿國……』

『過去種種譬如昨日死，只要我們真心相愛，一切都可以重來。』

『代韶……』儷玉的眼眸泛起一層薄霧。兜了大半圈，驀然發覺最愛的仍是最初那個人。她含淚頷首了，決定用一生的溫柔來償還代韶的愛。

過去種種譬如昨日死，不死的是，那顆被傷透了的心。袁代韶騙了儷玉，就像當年儷玉騙了他一樣。他忘不了過去、忘不了

她曾跟另一個人好過，只要想到她的唇曾被那人嚐過，她的身子曾屬於那麼不堪的人，袁代韶渾身便燃起一團烈火，熊熊灼灼。

『我贏了，你看，我贏了。』婚禮前一晚，袁代韶拖著吳奇舜到百花酒店。

『老弟，你到底是不是真心愛儷玉呀？還是，只想證明你沒有輸？』

袁代韶的眼神倏忽黯沈了，一仰頸，將杯裡的 XO 一飲而盡，以近乎耳語的聲音低喃著：

『我曾經……非常、非常、非常真心地愛過她！』

婚後，儷玉果然是個無可挑剔的好妻子。把家裡弄得有條不紊，也從此深居簡出斷了與阿國的一切連繫；知道袁代韶不喜歡她等門，她只好用保溫杯泡好一杯牛奶，擱在客廳茶几上，代替她等候遲歸的他。從儷玉略顫的背影，袁代韶看得出儷玉並未入睡，常常，他們就這樣各懷心事背對背躺在床上，僵持到天明。她低抑的啜泣聲，響在暗夜裡，悽悽惻惻。

好幾次，他瞥見儷玉在陽台上抓著他的襯衫，凝視著他刻意

印上的女人唇痕，數分鐘後，她走進飯廳為袁代韶張羅早餐，硬擠的笑容遮掩不了紅腫哭過的眼睛。

儷玉對他愈好，他愈受不了，他寧可儷玉像潑婦般大吵大鬧，那麼，至少他可以荒唐得理直氣壯。

『沒錯，公司是你的，你愛怎麼樣，別人也管不著，但是每個月三、四十萬丟在酒店裡，你不覺得太過分了嗎？』吳奇舜把信用卡帳單摔在袁代韶面前，『真搞不懂你，有那麼好的老婆，你怎麼還會流連聲色場所？』

袁代韶聳聳肩，半開玩笑地：

『溫柔鄉，英雄塚！也許是因為喜歡她們嬌滴滴地叫聲「袁大少」吧！』

『你要搞清楚，那些都是假象！你給錢、她們給溫柔。』

『有時，假象是一帖最好的麻醉藥。』他望著吳奇舜離去的身影，自語道：『它可以麻痺感覺，可以忘記不愉快，也可以讓日子變得容易過些。』

原以為結婚以後日子未必精彩，但至少可以恬靜安謐，他真

的沒想到他連回家面對儷玉都無能為力，只有藉著流連酒色折磨儷玉，他才能撫平心中的沉沉怨懟；只有在軟香溫玉中，他才能感覺到替多年前在儷玉家巷口心碎的那個自己出了一口氣。

為了讓儷玉痛苦，縱然賠上自己的快樂，也不在乎。

『袁大少，後天是安琪兒的生日，您一定要來喔。』

『袁大少……』

百花酒店裡，歌舞聲榭，杯觥交錯。這時，袁代韶的手機響了，是兒子哭哭啼啼的聲音。

當他趕至醫院時，正好及時目睹醫生將白布覆上儷玉的臉。

『很抱歉，送來得太晚了，因為失血過多，所以……』

『不，儷玉，妳不能死！』他撲向病床，瘋狂地搖晃著儷玉的屍體。

『請問，你是不是叫什麼大紹的？』一名年輕護理師問。

『我是袁代韶，是邱儷玉的先生。』他抑住悲痛，哽咽答道。

『邱儷玉車禍受傷送來時，已陷入重度昏迷，生命脈象幾乎

沒了，可是，當醫生為她施行電擊時，她突然清醒了一下，抓住我的手說：「告訴代韶，我愛他！」然後就⋯⋯』

告訴代韶，我愛他！

『嗚啊——』袁代韶終於放聲嚎啕了起來，『儷玉，醒醒呀，我錯了，讓我們重新來過、重新來過⋯⋯』

他的哭聲迴盪在急診門口，淒冷而悲絕。

『袁大少？』

『袁大少？您來了！我們以為您失蹤了呢，差不多一年沒看到您了，呃？今天帶朋友來呀？』經理熱情地前來招呼。今晚，袁代韶是陪一名性好漁色的日本客戶來應酬。

一樣出手闊綽，仍然年輕俊俏，袁代韶舉杯陪著客戶談笑，只是，他的笑始終上不到眼睛。偶爾，他會眼神飄忽地眺向前方某處，怔忡地發起呆來。

燈紅酒綠中，人影晃綽。一些舊識的鶯鶯燕燕都風聞趕了過來。

她們都叫他『袁大少』。

傷心電車就要開了
————
CHAPTER 08

劍潭，霸氣淩厲的不像是站名，

反倒比較像是一種心境——

是狂愛如劍、情深似潭？

抑或情傷如劍、碎心沉潭呢？

✐

捷運電車入站了，又擠進來一波上班上學的人潮，妤潔緊扶
著鐵柱，呆然地望向窗外。

『你在幹什麼？』妤潔身後響起了一聲低喝。

她旋過身來，看見立在她後面那名戴鴨舌帽的少年一臉驚慌
失措，少年的手腕被一名魁梧的男子牢牢扣住，手心握著的正是
妤潔的皮夾。

『小姐，這皮夾是妳的吧？』魁梧男人問。

那是有雙陰鬱眼眸的男人，一對眉峰緊蹙著，似乎從不曾舒
展開來，一頭不合年齡的早生華髮、鬆垮的肩、微駝的背，整個

人看來彷彿──一灘死水。

『啊，謝謝！』

好潔接過皮夾的當兒，正好給了鴨舌帽少年可乘之機，且見他身形一矮，左鑽右閃沒進了人海中。男人無可奈何地聳聳肩，然後，車到站了，連再見都沒說，男人下了車。

男人下車的那站，是劍潭。

劍潭！霸氣淩厲的不像是站名，反倒比較像是一種──心境。

是狂愛如劍、情深似潭？

抑或情傷如劍、碎心沉潭呢？

好潔當時並不知道，『劍潭』這兩個字，早已預言了她的愛情。

這段短暫的邂逅，像一顆石子投進好潔心潭，掀起了層層水紋……

這應該是個很執著的男人吧！

妤潔注意到他總固定搭八點零五分這班捷運、固定出現在第三節車廂，不知不覺中，妤潔養成了用眼神搜尋他的習慣，尋著了，和對方頷首一笑，『嗨！』妤潔用眼睛招呼著，男人也用眼睛淡淡回應。

　　星期一的早晨，妤潔起晚了，眼看著八點零五分的電車就要開了，她拔腿狂奔，發車鈴已刺耳響起，她疾步衝上階梯，一個失去平衡，倒栽蔥似地滾到月台旁。

　　『哎唷！』

　　腳踝的劇痛逼得她淚水直淌，淚眼迷濛中，一雙男人的皮鞋出現在她面前。

　　『妳，要不要緊？』是那陰鬱的男人。

　　『你不是在車上？怎麼……』他對她伸出了手，妤潔仰起臉來，把手交給了他。男人送妤潔到醫院包紮，誤了上班時間，妤潔過意不去，堅持請他吃飯。他說他叫介良。

　　『妳住在「北投站」附近，在中山站上班對吧？』

　　原來他也曾偷偷觀察過她。不是妤潔一個人自作多情。

『嗯，在北投市場那裡買了間小套房，自己一個人住剛好，家人都在彰化老家。』妤潔刻意強調獨居，暗示自己的單身身分，『那你呢？』

沒有回答，介良轉開了話題，『一個人住很好、很自由呀！』

『是很自由，但要是有事或生病了，一個人就好可憐、好孤苦無依呢。像現在腳受傷了，沒有人可以照顧、也沒有人帶我去看醫生……』連妤潔自己都有些詫異，她怎麼會大膽到對一個初識的男人撒嬌乞憐呢？

『一個人住要學得獨立一點，不去看醫生不行。』

『反正我就是討厭一個人去醫院！』妤潔任性地嚷道：『病死、痛死就拉倒算了，也沒有人會心疼。』

介良輕笑了起來，答應每隔幾天帶她去醫院換藥。傷口痊癒得極慢，妤潔老故意沾水讓快結痂的傷口又潰爛紅腫。這傷，是他們相見的理由。

只是，介良對她，總是若即若離，似有情、又若無意。

淡水捷運站前的廣場，夜涼如水。草叢中，散落著幾對忘情的愛侶，正旁若無人地親熱著。

　　『你家就在這附近吧？不去你家坐？』好潔試探地問。交往近半年，只要一問及介良的私事，他就閃爍其詞。

　　果然，『呃……不，不太方便，改天吧！』

　　不想破壞此時的氣氛，好潔沒有追問，她順手撥開介良垂落的一絡亂髮，指尖無意間碰觸到介良的臉頰，介良幽深的眼瞳中倏地綻出了一抹激情，好潔緩緩闔上雙眼，感覺介良濃濁的鼻息愈來愈近……陡然，溫熱的氣息消失了！好潔張開眼，卻見介良閃身一旁，面對淡水河的側影，波瀾不興。

　　尷尬羞怒如潮水般湧向好潔，『我們不要再見面了，我想，是我會錯意了。』

　　她哭著轉身離開，介良一個箭步追上來，自身後攬住了好潔：

　　『不是這樣的，我對妳並非無情，只是我……我有難言之隱。』

　　『什麼難言之隱？』

　　介良把臉埋在好潔及肩的烏髮間，貪婪地汲取她的馨香。他曾經以為自己將一直是無波無浪的湖水，遇見了好潔，他變成了火。

　　『我已經……結過婚了，而且，絕不能離婚。』

　　她的身軀僵成了化石，聲音凍成了冰，『那麼，你準備怎麼……安置我？』

　　『我也不知道。』

　　『既然如此，趁我們還沒……還沒陷下去以前，我們——分手吧！』

　　好潔說得很理智，走得很決然。

　　然而，愛情裡的理智和決斷，不過是用沙子堆成的城堡。幾週瘋狂的思念後，當介良出現在她的套房門前，沙堡便瞬間傾圮潰塌。

　　一句話也沒說，他們狂烈地用火熱的身體傾訴別後相思，不願去問明天將何去何從。

『他說他無法離婚，妳就放過他了？妳不知道現在的男人有多壞，他們會在妳付出感情不可自拔後，騙妳說他有家室不能離婚，好讓已經深陷下去的女人甘心做個不吵不鬧的第三者。』妤潔的摯友琳琳說得義憤填膺。

　　她實在看不下去妤潔老這樣為情所困。只要手機一響，妤潔的雙眼就瞪得發亮，一確定不是介良的來電，她就頓時沮喪得像只洩了氣的皮球；介良不能陪她的夜裡，明知自己一喝咖啡就會鬧胃疼，她卻故意自虐猛灌咖啡，喝到胃痛如刀割。

　　『胃痛總比心痛好！』妤潔在電話一端對琳琳哭道。

　　介良赴歐洲出差回來帶給了她一個精緻的音樂盒，『不能在妳身邊的時候，就讓它代替我陪伴妳。』結果，在介良失約沒來的夜晚，妤潔發飆地將音樂盒砸向牆壁，翌日，她又拖著琳琳發瘋似地跑遍大大小小的修理店。

　　『他有難言之隱不能離婚！他不會騙我，我相信他。』

　　『好，就算他真的結婚了，我問妳，妳瞭解他多少？』琳琳繼續咄咄逼問，『他住哪裡？他跟他太太感情如何？他的過去是

怎樣？他……』

　『夠了，我不需要知道這些，我只要知道他愛我就夠了。』不問過去、不看未來，她所能擁有的只是現在。

　『這樣真的就夠了嗎？』

　這樣真的就夠了嗎？好潔黯然了。也許，正如琳琳所說的：她缺乏第三者的潛質！做個第三者，必須比一般人更善於等待、更耐得寂寞，因為除了極短暫的相聚外，大部分的時間第三者都要學著一個人過、一個人活著，學著用很多的寂寞等待來換得下一次極短的相偎相依。

　可是，大部分的第三者，不都是因為害怕寂寞孤單才走上這條路的嗎？

　好潔打開剛修好的音樂盒，盒裡的芭蕾舞娃娃在翩然轉了幾圈後，『咚！』一聲，發條斷了！

　深夜十一點許，送走了介良，好潔才發現介良遺落在床頭櫃上的手機，她急忙追出來卻遲了一步，只來得及目送介良搭上計

程車揚塵而去。好潔不假思索地揚手招來另一部車尾隨著介良，車上，她握電話的手微微沁出了汗。

還電話，只是藉口。

介良的車停在一戶有矮籬笆、小庭院的老舊平房前。好潔看著介良踏進平房，須臾，一名老婦人走了出來。

『歐巴桑，辛苦您了，她今天都還好吧？』深夜寂然，介良的聲音異常清晰。

『唉，可能在生氣你這幾天都很晚回來，晚餐怎麼也不肯吃，還把飯菜打翻呢。』老婦人嘀嘀咕咕埋怨著。

『對不起，明天沒應酬，我會早點回來。』

待老婦人的身影沒入巷尾，好潔閃身欺近介良家的矮籬邊。屋內，介良蹲跪在一台輪椅前，輪椅上坐著一個瘦骨嶙峋的女人，介良正一口一口將食物餵進女人嘴裡。那女人是誰？好潔下意識地往前跨了一步，不料，惹來鄰居狼狗的一陣狂吠，屋裡介良順著騷動望向窗外，見到好潔，介良臉色瞬變。

擱下碗，對女人低語幾句，介良走了出來。

『對不起，我……呃，我替你送手機過來。』

『謝謝！』

介良接過電話，帶頭走進附近的小公園，好潔低垂著頭緊跟在後，心情翻絞如暴風雨中的大海。她渴望知道介良的過去、介良的一切，卻又隱隱約約感覺到事情的真相恐怕遠非她所能承受。

『呃……我想到我有個文件要趕，我先走了。』

她的手被介良擒住，『別走，我有話對妳說。』

『明天再說吧，我得走了。』好潔奮力想甩開介良的手。

『她——就是我太太！』介良脫口而出，『妳剛才看到的就是我太太。』

『太太？』

一絲不祥的預感掠過好潔的腦際。不！不要說了。

『是我、是我害她變成這樣的。』介良逕自說了下去——當初，他們一見鍾情，熱戀數週後便閃電步入禮堂，婚後，妻子的多疑善妒讓介良吃足了苦頭。每隔一小時打電話到介良公司查

勤，還威嚇他的每一位女同事：『別動我老公的主意！』只要行動電話一打不通，就疑心介良去偷腥；總是反反覆覆搜檢介良的襯衫、公事包，一接到女人的電話，便徹夜歇斯底里吵鬧，不斷將介良從睡夢中搖醒疲勞盤詰，甚至以『拒絕房事』當作對介良的懲罰。

　　多少抱著『既然妳懷疑我不忠，我就不忠給妳看』的負氣心理，介良接受了那位叫 Lily 的女客戶的誘惑，跟她上了床。Lily 的放浪喚醒了介良壓抑已久的性慾，賭氣的心情成了強效催情劑，那夜，介良沉溺在 Lily 豐滿的乳房間，放縱自己在慾潮裡載浮載沉⋯⋯

　　鈴──行動電話響了。

　　Lily 死命抱緊介良，毫無休戰的態勢。

　　鈴──又響了。

　　Lily 揚手將介良的手機掃落地上。鈴聲乍停！

　　子夜時分，介良疲憊地回到家，屋裡空無一人，只有電話鈴聲尖銳地響著。

　　加護病房內。『滴、滴、滴……』心電圖上單調的聲音劃破靜寂。醫生告訴介良，他的妻子吃了過多的鎮靜劑後在街上遊蕩，闖入了快車道，被煞車不及的轎車迎面撞上，就算能撿回一條命，恐怕也要終生癱瘓。

　　『是我害了她。我只要一想到她在生死邊緣掙扎時，我卻正在跟另一個女人……我就無法原諒自己。』介良背對著的身影劇烈地顫動起來。四年多來，罪惡感和愧疚無時無刻不鞭笞著他，一場意外，毀了一個女人，也毀了一個意興風發的男人，從此，與幸福絕緣。

　　妤潔心痛地瞅著被現實磨得滄桑佝僂的介良。

　　不該跟來的！如果不瞭解這一切，她還可以假裝沒事般繼續下去，繼續偷來的歡樂，繼續短暫的溫存，而今，她怎麼能在眼見那女人的不幸後繼續掠奪那女人僅剩的幸福呢？

　　這齣戲，註定不是喜劇，沒有圓滿的結局。守著癱瘓的妻子、守著褪色斑駁的愛不能離婚，是介良唯一的命運。妤潔明白，介良永遠不會捨棄那個女人，是道義，更是贖罪。

介良是個有情有義的男人，如果不是，她也不會這麼愛他。

成全他！成全他吧！愛他，就是成全他的悲壯和犧牲。

『我想，我們就到這裡好了。』妤潔說，是指他們已走到了馬路口，也是指他們之間的關係。

『答應我，一定要好好、好好地過日子。』

妤潔吸了吸鼻子，淒然一笑：

『我會的。』

她以為介良會留住她，只要他開口，她就可以給自己一個藉口，來對抗心中的罪惡感，繼續好好的、認命地做第三者。

『你也要好好過日子。』她向介良伸出手。

十指相觸的剎那，介良猛然順勢一拉，將妤潔兜進胸間，他的雙手嵌得死緊，彷彿要把妤潔揉碎了似地，就在妤潔以為自己會昏死在介良的懷裡時，介良鬆開了手，旋身大踏步沒進幽晦夜色中。

也好，也好，就到這裡吧！她對自己說。

電車入站了。

好潔立在柱子旁，凝望著八點零五分進站的這班捷運電車。萬頭鑽動、人聲喧鬧，尋不著介良的蹤影，但好潔知道，介良一定在電車的某個角落。搭這班車上班，是介良的規律，固定在此時守候在月臺上，是她思念介良的方式。

畢竟，總是放不下。

前幾天，她去取回音樂盒，盒裡的芭蕾舞娃娃在換上新發條後又重新動了起來。驀地，她有股衝動想問修理的老師父：

『您也修理愛情嗎？』

如果愛情和生命也可以修復，那該多好！

她沒有再打過電話給介良。做第三者，卻又有太多的道德良心，無異自討苦吃，有時，她寧願自己是個敢去把別人老公搶過來的壞女人。

那麼，起碼她不必像現在這樣天天守在捷運月臺上，只為了看介良一眼，常常，人潮淹沒了視野，她只能在人群裡想像介良的存在、介良的氣息。

電車，要出站了。

車窗上，映著一張張陌生的臉龐，飛掠過妤潔的眼前。

車窗上，映著一年多前的妤潔，匆匆地，妤潔與昨日的自己擦身而過。

車窗裡，有雙眼睛熱切地盯著月臺上的妤潔。『再見了，我的愛！』灰鬱的眼眸更灰鬱了。

電車，終於出站了。

傻瓜情緣

———

CHAPTER 09

自從碰到這位女煞星後，他變得浮躁易怒，

鎮日心神不寧，把白袍穿反還算事小，

有一回他甚至錯把原子筆當壓舌板放進病人口中……

     🛸

　　李靜媚的頭仍劇烈抽痛著，彷彿有千軍萬馬在她的腦袋瓜裡
廝殺、奔騰。她記得自己抱著一大疊模擬考卷，馬不停蹄衝往籃
球場那頭的教室，突然傳來一聲大叫，她抬起頭來，正好瞧見一
顆籃球直直向她飛來，愈飛愈近，『碰！』她身子一軟，後腦勺
撞到堅硬的水泥地，一陣揪心的痛，接著她眼前遽黑……

　　……她的視線，正隨著意識逐漸清明，首先映入瞳孔裡的是，
一張比北極冰山還要冷寒的棺材臉。

　　『你是誰？這是哪裡？我為什麼會在這兒？』

　　『醫生。醫院。妳撞傷了頭，必須住院。』

　　棺材臉還真惜字如金，一句廢話也不多說。

156

『住院？』李靜媚瞪大眼，『不行不行，學生快指考了，我哪有美國時間住院？』

『等看過檢查報告，沒大礙，明後大出院。』醫生面無表情交代著，好像把眼前的李靜媚當成一具死屍。

李靜媚乍然瞄見醫生胸前的名牌，『余立修？你是不是和平國小六年三班那個余立修？』

余立修終於正眼看她，『妳是……四班那個……李靜媚？』

『對、對，你的記性挺好的嘛。』

余立修臉部的肌肉不由自主地抽搐了起來，他怎麼可能忘記那個在運動會賽跑時跌跤、還順便把跑在旁邊的他的褲子給扯了下來的李靜媚呢？

『妳的記性也不差。』余立修回道。

李靜媚吐了吐舌瓣，她當然記得那個常上台領獎、卻老擺出一副不『鳥』人嘴臉的余立修。他那招牌式的棺材臉還真是數十年如一『棺』呢！

這時，一大群學生嘰嘰喳喳直闖而入。

『爬波老師，怎麼樣？有沒有撞傻了？』

『哎喲！老師已經夠傻了，應該要問有沒有撞得聰明一點。』

『老師，妳想當阿拉伯人也不必包這麼大的繃帶嘛！』

『爬波老師，妳今天沒去烹飪教室搗亂，學妹班上特地做了一個蛋糕獎勵妳。』

『爬波老師……』

李靜媚根本來不及制止這群沒大沒小的『叛徒』，只見一旁的護理師早已竊笑得差點抽筋，連正在為鄰床病人量體溫的余立修也撇過頭來，瞅了她幾眼。

好不容易趕走了這群聒噪的小麻雀和送她來醫院的體育老師，李靜媚這才想到該去找余立修商量一下可否特准她提早出院，她可不想回去時發現這班小鬼頭已經把學校給拆了。

她真的、真的確定自己完全依照那位護理師的指示走。可是，十幾分鐘過去了，她居然還在八樓病房打轉，連電梯都沒找著。又經過了幾分鐘，在三、四個人的指引兼帶路下，李靜媚終於找

到了余立修位在二樓的診療室，才踏進門，她就腳底一絆，像滑壘一樣，筆直栽進衝上來扶她的那個人的臂彎裡。

『妳好像很容易摔倒？』是棺材臉。

她困窘地站正身子，沒忘記此行的目的，『我可不可以今晚……或明天一早出院？』

『等報告送來，我看過後再決定。』

看到還有一堆病人候診，李靜媚只得乖乖回房『等候通知』，幸好在體育老師替她帶來的背包裡，有她的手機與幾本從學生那兒沒收來的言情小說，剛好可以讓她躺在病床打發無聊的夜。

很快地，李靜媚就發現自己錯了，她根本無法『躺在病床』，因為她連回病房的路都找不到。半個鐘頭，或者更久一些，就在她開始質疑自己是置身醫院還是迷宮時，她又一頭撞向了一面人牆。

『妳怎麼不回去休息？還在閒晃？』又是棺材臉！果真是冤家路窄。

『我……找不到病房。』

『妳是說，妳從幾十分鐘前就一直⋯⋯』他看李靜媚的眼神，像是在看一隻史前怪獸。

李靜媚以沈默代替了回答。如果眼前這個冷笑得像隻黃鼠狼的傢伙知道她剛搬新家時，曾連著四、五天都找不到家，李靜媚相信他一定會笑到滿地打滾、全身痙攣。

李靜媚跟著余立修走入電梯，按下八樓。

『妳的學生為什麼叫妳「八波」老師？』

『是爬波 pa bo，不是八波，這是我常用來罵學生的話，是韓語「笨蛋」的意思。』話甫出口，李靜媚馬上就後悔了。

『爬波？笨蛋？挺貼切的嘛。在醫院也會迷路？需不需要我帶路啊？』

『你少瞧不起人！放心，我自己回得去，不用你雞婆。』

『那太好了，我先走一步了。』他大步踏出電梯。

李靜媚也氣沖沖追上來，『你這黑心肝的壞醫生，你應該說：「讓我扶妳回房休息吧！」哼，冷血動物、禽獸、怪物、臭甲蟲⋯⋯』

　　一分鐘後，八〇七號病房門口。

　　『不好意思，太麻煩您了。』李靜媚裝腔作勢道。

　　『妳都那麼說了，我還能怎樣？』余立修無奈地聳聳肩，『再說，碰到像妳這麼特殊的「殘障」同胞，我是該多發揮點愛心。』

　　李靜媚狠狠地瞪了余立修一眼，扭開門，鄰床的病人尚未回房，她逕自往自己的病床走，霍地，一不小心踢到床腳！

　　『哎喲，爬波！這東西怎麼會在這？』

　　余立修倚在門旁，依舊是嘲諷的口吻：

　　『妳才是爬波！床腳本來就在床下，難不成該長在妳頭上？』

　　她又羞又惱，叉起腰來，『我是病人吔，你怎麼可以罵我是笨蛋？』

　　『妳本來就是笨蛋！』余立修從沒看過這麼好玩的女人，他換了一個更舒服的站姿，開始滔滔不絕：『我聽妳的學生說，妳這位歷史老師對烹飪課有一股莫名的狂熱，老喜歡去烹飪教室攪和，不是弄翻鍋子，就是加錯調味料，有一次還在餐盤上加錫箔

紙，弄得微波爐爆炸，我還聽說妳常常帶錯課本、跑錯教室，有時還會穿兩隻不同色的鞋子……』

她發誓，她回去非剝光那班小鬼的皮不可！下午，她們一聽說余醫師是她小學同學，而且仍是單身，便瞎起閧要他做『師丈』，糗得李靜媚幾乎當場翻臉。至於讓小鬼們和余醫師一起離開，更是天大的錯誤，李靜媚沒想到她們竟趁機在余立修面前大爆她的內幕。

天啊！哪裡、哪裡有個洞可以讓她鑽進去？

見她雙頰脹紅到耳根，余立修收回嘲笑正色道：『報告我看過了，明早再檢查一次，如果沒有腦震盪，妳就可以出院了。』

語畢，余立修旋身正欲帶上門時，背後陡地一陣劈哩叭啦，待他回過頭正好目睹李靜媚連著棉被跌坐地上。余立修當然不會知道，李靜媚是因為在他身後又揮拳又扮鬼臉，一不留神就滾落床底去。

『呵呀，做做伸展操真好！』李靜媚急中生智，做了抬手伸腿的動作。

　　直到房門關上，李靜媚才大大吁了一口氣，揉揉摔疼的屁股。而門外，余立修臉上僵硬的線條很難得地綻開一朵笑意：

　　『真是一個少見的笨蛋！』

　　要是知道今天會面臨這樣的恐怖，昨晚余立修大概就笑不出來了。

　　才剛踏進診療室，護理長和各科護理師的抱怨便蜂擁而至，原來，李靜媚一早便闖下一堆禍，攪得醫院上上下下人仰馬翻了。在她從八樓病房走到地下室餐廳的那段時間，她撞倒了內科護士端的十幾個驗尿杯、誤闖進了 X 光室、跑錯男廁所、還誤按了電梯警鈴⋯⋯

　　在眾人一致『擁戴』、只差沒跪地求饒下，余立修同意了李靜媚出院，不過每隔兩、三天仍須回院換藥複診。

　　還沒走出醫院大門呢，李靜媚又被送回余立修的診療室。

　　『我找不到電梯，只看到樓梯，結果不小心⋯⋯』李靜媚囁嚅地解釋著，看到余立修邊包紮傷口邊不停搖頭，李靜媚惱羞成

怒：『喂喂喂，你一定要表現得這麼可惡嗎？』

『我應該很慶幸妳是老師，而不是醫師，不然，病人一到妳手裡，八成就藥到「命」除了。人家是女大十八變，我真搞不懂妳怎麼從小到現在都沒變，都這麼少根筋……』

『我哪有少……』

李靜媚的話在一對母子闖進來時被打斷了。

『是不是這位阿姨？』婦人追問身旁垂著頭的小男孩。

『是。』

婦人對李靜媚猛打躬作揖。『小姐，謝謝妳救了我兒子，他就是這麼調皮，老愛跑到樓梯間把扶手當溜滑梯玩，這次要不是妳接住他，現在受傷的可能就是他了。真是謝謝妳。』

『沒、沒關係，不用客氣啦。』李靜媚又急又慌地制止婦人不斷的致謝。

一旁，余立修讚賞地瞅著李靜媚羞紅的臉龐。

包紮完後，李靜媚終於在舉『院』歡騰、眾望所歸中出了院。此後，每隔幾天，余立修只要一聽到哪裡出了狀況或傳出尖

叫聲，他就猜到這個『超級惹禍精』又來了。甚至到了後來，他只要感覺到頭皮一陣發麻，不用懷疑，百分之百——剋星又出現了！他從沒這麼失序慌亂過，但只要李靜媚一現身，不是弄灑他的茶杯，就是踢倒他的垃圾桶，再不就是把他的藥罐打翻……

　　他一向是個有條不紊、冷靜從容的人，醫生的工作更訓練得他凡事精準、一板一眼，讀醫科時那個法文系的女友是怎麼形容他的？——『冷靜得像冰箱裡的一條苦瓜』！

　　然而，自從碰到這女煞星後，他變得浮躁易怒，鎮日心神不寧，把白袍穿反、吃飯拿倒筷子還算事小，有一回他甚至錯把原子筆當壓舌板放進病人口中……

　　PABO！

　　他肯定是被李靜媚的笨蛋細菌傳染了。

　　李靜媚又被送進醫院時，還沒得到任何通報，他就知曉了，那種頭皮麻得像觸電的第六感，還真靈驗得可怕。

　　『這次又怎麼了？』其實，余立修已從急診室醫師那兒得知

了概況。

『急性盲腸炎。我早就說過了，I will be back。』李靜媚虛弱地學著電影魔鬼終結者的怪腔怪調。

她的虛弱並沒有維持很久。方才獲准下床，她就迷路逛到七樓的兒童病房，余立修巡房路過時，她正和孩子們玩摺紙。一名孩子開心地大嚷起來：

『李老師好笨喔，教那麼多次還摺不好。』

『對呀，看了妳摺紙以後，我們都有信心了。』另一位小孩附和道。

余立修走近李靜媚，看到她面前一堆慘不忍睹的廢紙，還有一張圖畫紙，余立修拿起來左轉右瞧了半晌：『狗？還是……豬？』

霎時，小朋友全笑得東倒西歪，李靜媚臉色很難看地搶下畫，『你怎麼跟這些孩子一樣？是馬啦！我剛剛在講一匹魔法馬的故事。』

『馬？』余立修睨視著畫，忍不住又冷嘲熱諷道：『幸好妳

不是教美術的。』

　　『你──』她拿起紙團向余立修丟去。

　　沒中！

　　深夜，余立修剛處理完一位急診的病人，疲憊得只想倒頭睡他個三天三夜，倏地，火災警報鈴刺耳地響了起來，值班護士和職員紛紛拔足向樓上狂奔，『是九樓，九樓失火了！』

　　救人第一，余立修不假思索投入救災行列，下意識地，他第一個便衝去李靜媚八樓的病房，床上竟空無一人。

　　『這個笨蛋跑哪去了？平常都會迷路，這下，一定更找不到出口了。』

　　余立修倉皇地穿梭在煙霧彌漫的病房間，一面疏導病人撤離，一面狂撥李靜媚的手機，依舊轉到語音信箱。火勢十分猖猛，消防人員正賣力撲滅中。

　　『李靜媚，李靜媚，妳在哪裡？』余立修從沒那麼熱切地祈盼他的第六感能再幫他一次忙。

隱約地，在震天的叫囂呼救聲中，他——聽到了！聽到了極
輕、極柔的歌聲悠悠揚揚地響著，循著歌聲，他向七樓兒童病房
衝去，聲音愈來愈清晰，終於，他在靠樓梯邊的病房尋著了李靜
媚，她正抱著一位孩子蜷縮在臨窗的牆角。

　　『笨蛋！妳不逃，在這裡幹嘛？』

　　余立修一把扛起病童，一手揪住李靜媚便向一樓奔去，直到
衝出醫院大門。

　　『火勢已控制住了，沒有人傷亡。』一名消防人員朗聲宣佈，
『請各位等工作人員清理完畢後再回房。』

　　總算有驚無險。余立修將病童安置在救護車內，這才注意到
李靜媚仍處於震驚後的茫然中，她的手緊扣住余立修的手臂不
放。

　　『妳還好吧？』

　　『好可怕！火燒起來了，我衝到七樓時其他小朋友都跑光
了，只有春德一個人躲在角落哭，我想救他出去但又怕迷路，所
以我用被單把門縫塞住，然後唱催眠曲哄春德睡覺，我想，你會

來救我們的。』

　　『妳怎麼跑到七樓的？沒有迷路？』

　　李靜媚執起一張紙，上面歪七扭八畫了一些線條，『我畫了一張地圖，像右走 14 步左轉，再直走下樓梯………。』

　　余立修笑了，『爬波！笨蛋！』

　　她也笑了，『我是笨蛋，那你是笨瓜蛋！』

　　『什麼？』

　　『笨瓜加笨蛋，笨瓜蛋！』

　　不知哪來的衝動，余立修猛然將李靜媚攬進懷間。有了她，或許他的生活將從此天翻地覆、永無寧日，不過，這樣不也挺有挑戰性的？

　　李靜媚仰起臉，第一次，她看見余立修笑了，不是嘲諷的譏笑、更不是無奈的冷笑，而是真正開心的笑顏。

　　『這棺材臉笑起來也挺好看的嘛。』

　　她想，或許，她該試著逗余立修多笑一些了。

窗外有藍天

——

CHAPTER 10

為什麼獵犬可以在森林中找到被槍傷的小動物？
氣味！靠的就是血的氣味。
妳對愛的渴切，會讓妳渾身散發出需要保護的氣味，
特別容易引來那些侵略本能很強的變態男人。

『一四五八！』

一聲喝令，將季穎從怔忡中嚇醒過來，她緩緩起身，踱出了囚車。

空寂幽闇的走廊上，只有腳鐐拖曳的聲音驚心迴盪著，遠遠的那頭、大門外，便是刑場了。晨光熹微，將大門渲染成一片柔和的澄明，在兩名法警的左右架扶下，她向光亮處行去……一步、一步……一步、一步……恍惚中氤氳裡，遙遠那頭站著的是她死了的第一位丈夫汪瑞德，長長的走廊，是教堂的紅毯走道——

『我願意。』

在牧師和神的面前，季穎堅定地許下了承諾。她仰首端凝著眼前為她揭起面紗的男人，他是季穎的守護神，第一次相遇，他就挺身庇護了季穎，像老天派來拯救她的英勇武士。

『哎喲！妳怎麼這麼笨手笨腳的？弄髒了我這身香奈兒套裝，妳說妳怎麼賠？』俱樂部附設的餐廳裡，一位女會員指著季穎咆哮道。

『對不起，對不起，因為妳突然站起來，飲料才會打翻，我……』上班第二天就得罪了客人，季穎也慌了手腳。

『妳什麼態度？叫經理過來。』

在經理趕過來前，鄰桌的男子就先站了出來：

『小姐，妳大人大量就原諒她一次吧！我是這裡的網球教練汪瑞德，如果妳不介意的話，這餐讓我請，好嗎？』

汪瑞德迷人的笑靨，教女人的火氣降溫了幾度，『好吧，這次看你的面子就算了。』

目送女人趾高氣昂地離去後，季穎轉身投給汪瑞德感激的一

瞥。他讓季穎想起了電影『亂世佳人』裡的白瑞德,那個老是適時對郝思嘉伸出援手的,真正的男人!

　　一上了球場,汪瑞德就完全變了一個人,殺氣騰騰、攻勢凌厲,一點也不像那天餐廳裡溫柔儒雅的他。

　　季穎常躲在廚房窗口偷看汪瑞德打球。當他主動提議要免費教季穎打球時,季穎簡直受寵若驚。汪瑞德是俱樂部裡最受歡迎的紅牌教練,很多會員都指明非上他的課不可,季穎還曾親眼目睹一名女會員對會務祕書拍桌跳腳:

　　『我只要上汪瑞德的課,不然,我就退費!』

　　為了接住汪瑞德的球,季穎幾乎用了所有空暇時間來練習。時常的夜歸,換來繼父嚴厲的責罵,但她不在乎,她已經不是當年那個怯弱無助的五歲小女孩,她十九歲了,這是她第一次膽敢反抗繼父,也是第一次,她想全力做好一件事。高中肄業的學歷、清寒的家世、女侍的工作,她樣樣都不如人,可是,在汪瑞德最重視的網球上,她想教他刮目相看。

『不錯，妳進步得挺快的。』

就這麼一句話，所有的苦都值得了。一個女人會愛上一個男人，多少有點崇拜的成分，但一個女人絕不能忍受她愛的男人瞧不起她。她不要汪瑞德覺得她一無是處。

球來球往間，季穎成了汪瑞德最好的對手和拍檔。

『妳——願意做我生命的拍檔嗎？』

『什麼？』季穎擦汗的手停在半空中。

『我希望，和妳共組一個家庭。』汪瑞德遞給她一枚戒指。

一個家、一個他和她的家！

儘管相識不久、瞭解未深，季穎甚至連汪瑞德家裡有什麼人、過去做過什麼都一無所知，不過，汪瑞德說他愛她，而且，這是她逃離繼父魔掌的最好機會，她必須把握。

婚禮上，汪瑞德深情地吻了季穎。幸福，像潮水般向她層層湧來。

『上蒼待我不薄的。』

她噙著淚，感謝老天賜給她這麼好的男人。

　　婚禮後，季穎很快就發現她所嫁的這個男人是個不折不扣的賭徒。雖然表面上打扮得光鮮，汪瑞德其實早已負債累累，不教球的時間他幾乎都沈溺在賭場，季穎微薄的薪水也被丟進了這個無底洞。

　　『書、書、書，這麼一堆書，難怪我會輸！』

　　一回到家，汪瑞德便不分青紅皂白發起脾氣，還將季穎兼差替人校對的書稿全扔進垃圾桶。季穎默默蹲到垃圾桶邊撿拾稿件，無意理會汪瑞德的藉題發揮。

　　『我在跟妳說話，妳聽到了沒有？』

　　『……』她的漠然激怒了汪瑞德，他醉意醺醺地執起煙灰缸向她擲去。

　　『妳少一副聖女貞德的樣子，要不是我，妳現在可能還在被那老傢伙──』

　　『夠了！你不要再說了。』季穎尖叫著堵住汪瑞德的話。

　　那是她最不願憶起的過去，這麼多年來，她不斷強迫自己去遺忘，甚至告訴自己一切都不是真的，然而，醜惡的往事卻依舊

如影隨形。那年，季穎才五歲，她被打扮得像個小公主跟著母親改嫁，母親要季穎叫那男人『爸爸』，可是，季穎不懂，新爸爸為什麼總趁母親不在時亂摸她的身體？

十四歲時的季穎，早熟得像朵含苞待放的花兒，學校裡的男生常會學她走路時胸部抖動的模樣，也老愛在她經過時曖昧地大叫：『季穎！』只是，猶等不及新花初綻，獸性大發的繼父便在某個夜裡辣手摧殘了季穎。當季穎哭著告訴母親時，母親竟震怒地斥責她：『妳再亂說，我就打死妳！』

母親的不信任，比繼父的侵犯更教季穎椎心搗肺，從此，她開始離家逃學，被抓回來就再逃……

『夠了！你不要再說了，你要錢是吧？我給、我給！』季穎慌亂地取出僅餘的生活費。

『唷！這點錢還不夠我玩兩把，妳該不會把錢拿去孝敬妳的繼父情人吧？』

『汪瑞德，你欺人太甚！』她舉起手，卻教汪瑞德一把攫住。

『妳還想打我，我倒楣娶了妳這掃把星，一次也沒贏過。』

　　汪瑞德揚拳打得季穎眼冒金星，接著，他抬腳踹她，然後拿起杯子丟她，接著是酒瓶⋯⋯

　　季穎想，自己一定是死了，要不然她怎麼會聽到有人在柔柔地喚著她的名字。她奮力張眼想看看天堂的樣子，眼前卻只有汪瑞德憔悴而懊悔的臉。

　　『季穎，我不知道自己為什麼這麼喪心病狂，我該死！我該死！』汪瑞德用力捶著自己的頭，『我發誓，我一定戒賭，也絕不會再動手了。』

　　他跪在季穎的病床前，潸然淚下。

　　汪瑞德是愛她的，季穎相信，男人的眼淚是愛的聖水。『他是愛我的。』她原諒了他。

　　好日子只維持不到一個月，汪瑞德把結婚戒指也拿去賭輸了，醉酒返家後便對季穎拳打腳踢，酒醒後又是一場痛心疾首。歷史，不停地重演，賭博、毆打、懺悔，再去賭博⋯⋯

　　季穎躺在醫院的病床上，兩眼空茫地瞪著天花板。這次，汪

瑞德一定是輸瘋了，才會拿他最心愛的那支球拍毆打她，球拍『啪嚓！』斷成兩截，在痛昏過去前，她也依稀聽到了左手手臂折斷的聲音。

　　『為什麼不離婚呢？』不只一次，護士和社工人員問她。

　　為什麼不離婚？也許，是因為她還深信汪瑞德是愛她的；也許，是覺得像她這樣十四歲便不潔的女人不配得到幸福。

　　『沒有人不配得到幸福，除非，妳甘心放棄。』律師陳昆豪體貼地為季穎倒來一杯水，他是反家暴公益團體特別安排來協助季穎的。

　　『我沒有放棄幸福，是幸福放棄了我。』

　　『妳必須學會用成人的眼睛來看待童年的創傷，是妳繼父傷害了妳，那不是妳的錯！』

　　『真的不是我的錯嗎？』淚，成行地滑落。如果、如果不是她的錯，為何由她來領受磨難呢？

　　陳昆豪掏出了面紙，為季穎拭去淚痕。他幾乎天天到醫院來探望季穎。

　　『妳應該訴請離婚，他打得妳左手骨折、還有輕微腦震盪，再忍下去妳會被打死。』

　　『不，不行⋯⋯』她拚命搖頭。

　　『我有把握，妳一定可以勝訴的。』

　　『不，不能離婚！離婚後只剩下我一個人，我該怎麼辦？』季穎無助得像快溺斃的人。

　　『別怕，妳還有我啊！』

　　陳昆豪緊握著季穎的手。季穎茫然地抬起頭來，在陳昆豪的臉上，她找到了強大的依靠和深刻的戀慕，那些情意像一只救生圈，及時拋向了她。

　　陳昆豪的愛給了季穎勇氣，她到法院按了申告鈴。

　　開審前兩天。季穎回去收拾行李，爛醉的汪瑞德像隻鬥敗的公雞癱軟在沙發上，見季穎欲走，他猛地撲了上去。

　　『不要離開我，再給我一次機會，我發誓⋯⋯』

　　季穎打斷了他，『我給過你幾十次機會了。』

　　『季穎，相信我，我是那麼那麼愛妳⋯⋯』

季穎搖搖頭，『愛，會讓人狠不下心，假使你真的愛我，你不會忍心那樣傷害我。』

　　『好，妳不相信，我證明給妳看！』汪瑞德拿來一把水果刀抵在自己的手腕上。

　　『你這是何苦呢？這樣充滿暴力和脅迫的愛，只會毀了我們彼此。』

　　『就算毀了全世界，我也無所謂。』汪瑞德醉醺醺地將刀子揮來晃去。

　　『瑞德，放手吧！放我自由吧！』

　　『不，我寧願同歸於盡，也不放妳走。』

　　汪瑞德持著尖刀發狂地刺向季穎，倉皇中，季穎用皮包擋住，再使勁一推——醉得步履蹣跚的汪瑞德撞上了牆壁，刀子正中他的胸口，泉湧的鮮血，迅速地將他的白襯衫染紅……

　　因係出於自衛，法院只判了季穎兩年緩刑。

　　宣判結束後，陳昆豪向季穎提出結婚的請求。

『可是，這太快了，我才剛死了丈夫。』

『就是因為這樣，妳更需要有人好好照顧妳、疼惜妳。』

李穎無力地點頭了。一連串的偵訊和審問弄得她筋疲力竭，她累了，累得只想有個停泊的港口、有雙溫柔的眼光、有副溫暖的臂膀，可以停泊歇息。

『上蒼真的待我不薄。』

她噙著淚，決心努力做個好妻子。所以，陳昆豪不希望她工作，她便毅然遞上了辭呈；陳昆豪不喜歡她拋頭露面，她也儘可能減少外出；自從那天陳昆豪陪季穎上市場，看到水果攤那位年輕老闆跟季穎有說有笑，他就不准季穎再去市場。

『傳統市場髒兮兮的，以後不要去那裡買菜了。』

『可是我都處理得很乾淨呀。』

『反正以後等我回來，我載妳去超級市場。』

季穎柔順地接受了陳昆豪的提議。她知道他是在嫉妒。

漸漸地，季穎發覺陳昆豪的嫉妒似乎有些走火入魔。她一跟男人說話，陳昆豪就鬧脾氣；在看過那位俊挺的郵差後，陳昆豪

便開始要求一切掛號信函由管理員代收，他甚至不准季穎看男籃
或摔角比賽。

　　『我不要妳看別的男人的肌肉。』他蠻橫地說，像一個小孩
捍衛著自己的玩具。

　　『我只對你的身體有興趣。』季穎說，試圖給陳昆豪一點安
全感。很多女人喜歡向男人要安全感，殊不知連男人自己都沒
有，季穎從陳昆豪身上看清了這點。

　　為了避免引來不必要的猜疑，季穎幾乎足不出戶，直到這天
隔壁新搬來的外國男子按了門鈴，問她借鐵鎚。

　　『妳家好漂亮，妳一個人住？』外國男人中文講得頗流利。

　　『不，跟我先生。』

　　『妳結婚了？』他詫異地望著年輕的季穎。

　　數日後，陳昆豪身體不適在家休息，外國男子又來扣門，陳
昆豪去應了門，幾分鐘後，他沈著臉把門一關，『妳趁我不在勾
引男人？』

　　『沒有，我只是借他鐵鎚。』

『借他鐵鎚？他會想邀我們過去吃飯？看起來，他好像跟妳很熟呢。』

『我跟他只見過一次面，而且，他邀的是「我們」，不是我。』季穎試著與陳昆豪講理，一碰到這檔事，他的理智就不管用了，『我告訴過他我有老公。』

『我不相信！他一定是看到我才改口說邀「我們」，妳和他是不是早就……』

『沒有，我們是清白的。昆豪，你不覺得你的疑神疑鬼已經有點病態了嗎？』

『不，有病的是妳。我處理過多少離婚的案例，以前多半是男人外遇，妳知道現在多的是什麼嗎？女人紅杏出牆！』

『可是我沒有。』

『為什麼女人都非得很多男人拜倒在石榴裙下才開心？』陳昆豪搖晃季穎的雙肩，他的臉痛苦地扭曲著，『為什麼？我一個人的愛還不夠嗎？』

劇烈搖晃中，霎時一陣噁心逼得季穎衝入浴室。陳昆豪站在

浴室門口，看著季穎難過地乾嘔不停，他的眼眸射出一道冷鋒。

當他們從醫院檢查回來時，季穎臉上露出難得的燦爛。

『太好了，昆豪，我們終於有孩子了。』

『拿掉他！』

『什麼？』季穎不敢相信自己的耳朵。

『拿掉這個雜種，就當一切都沒發生過，我會像以前一樣愛妳。』

『他不是雜種，他是你的孩子。』季穎扯住陳昆豪的手臂，聲淚俱下，『讓我生下來，你就會知道他是你的。』

『我不會讓妳生下來。』

他買回墮胎藥，不顧季穎的苦苦哀求、淒厲哭嚷，季穎起身想奪門而出，卻教他陳昆豪一把攫住，拉扯間，她顛跌一頭撞到桌角，鮮血泊泊自她的額頭滑落，陳昆豪奮力撥開她的唇，在季穎讎怨難解的目光中灌下了藥。

『我、恨、你！』

失去意識前，她吐出了這三個字。

我死了嗎？為什麼我的眼前一片漆黑？

我的下腹好痛……

不，我沒有死，是孩子死了！我的孩子……

季穎睜亮眼環視四周，意識卻陷入一片渾沌……這是哪裡？你說你是我先生？不，我先生汪瑞德已經死了，我不認識你，你是誰？你為什麼要送我這麼多東西，又對我這麼好呢？

陳昆豪悲痛地望著季穎。過度的打擊，讓季穎自動洗掉了一部分的記憶，一部分她不想、也不肯面對的記憶。

『妳不要怕我，我跟妳說過多少遍，我是妳先生。』

『你騙我，你是騙子。』季穎瑟縮在牆角，恐懼地瞪著陳昆豪。

陳昆豪喪失耐心地拖她進臥房。流產後，幾個月過去了，她還是不肯想起他嗎？

『妳看，這是我們的結婚照。』陳昆豪指著床頭放大的照片。

『不是、不是，這不是我。』

陳昆豪將季穎扳面向他，『看清楚我，想起我是誰了嗎？』

他倏地摟緊季穎，不管她的掙扎，『我的季穎，妳怎麼可以忘記我？』

　　慾望沖走了他的理智，他刷地撕開季穎的衣服，看不到季穎的驚恐。

　　『不要，不要這樣！』

　　『看著我，季穎，想起我是誰了嗎？』

　　季穎驚懼地想掙脫壓在身上的陳昆豪，迷茫中，她看到繼父那張猙獰狂笑的臉，不要——

　　狂風暴雨後，不知過了多久，季穎聽到陳昆豪均勻的鼾聲，她失神地走進廚房，拿了菜刀返回臥房。躺在床上的男人是……汪瑞德？不，汪瑞德已經死了，那麼是……是她的繼父！多年前那個夜晚，繼父爬上她的身體、奪走她的貞操，他在她上面淫穢地喘著氣……

　　不——

　　季穎執起菜刀無意識地揮砍、揮砍、揮砍。

　　血，濺在牆上，濺在她的臉上、身上。

『被告季穎趁死者陳昆豪熟睡無反抗能力時行兇，刺中死者胸部、下體十七刀，手段凶殘、泯滅人性……本席裁決被告季穎死刑，褫奪公權終身。』

鎂光燈閃得季穎睜不開眼來，她神情木然地在法警帶領下排開蜂擁而上的記者。季穎知道有不少媒體為她冠上『蛇蠍美人』、『嗜殺魔女』等稱號。一個女人連續殺了兩任丈夫，縱有再多苦衷，也喚不到同情。

二審，上訴中。她的法定辯護律師極力以『行兇時精神耗弱』為由替她申辯，某婦女團體也挺身為季穎聲援，季穎卻一點也不肯合作。

回首這樣的一生，死亡，或許是最幸福的安排。

她，一心求死。

『一四五八，妳還有什麼話要交代？』確定了季穎的身分後，執行死刑的法警例行公事地問。

有什麼話要交代？

還有什麼話要交代？她只是想有個人愛，卻被命運擺弄如是。她曾在一本書上看過，在沙漠有一種毒蟲，牠會挖許多陷阱，一旦螞蟻不小心掉進去了，就會成了毒蟲的晚餐。而她，是愛情沙漠中的螞蟻，當她以為從汪瑞德的陷阱中逃出來時，卻未料到自己竟跌入另一隻毒蟲更深的陷阱中。難道真如常來獄中探望她的教會義工孫曜文所說：她天生具有吸引變態男人的特質！

　　『吸引變態男人的特質？』季穎不解地複述道。

　　『悲慘的童年讓妳比一般人更渴望愛情。有的人酗酒、有的酗咖啡，而妳——酗愛情。』

　　『酗……愛情？』

　　『妳知道為什麼獵犬可以在森林中找到被槍傷的小動物嗎？氣味！靠的就是血的氣味。』孫曜文振振有辭地分析道：『妳對愛的渴切，會讓妳渾身散發出柔弱和需要保護的氣味，所以，特別容易引來那些侵略本能很強的變態男人。』

　　『真的是這樣嗎？』

　　如果真是如此，她還有什麼話好說？只盼來世不要生做這種

命，不要再受男人的苦。

刑場上，淒風瑟瑟。刑警將季穎的雙眼矇上，遠遠一端執行
槍決的劊子手舉起槍來，瞄準、射擊——

『砰！』

砰！

季穎一身冷汗地自睡夢中驚醒，四周仍是監獄冰冷的牆。原
來，剛剛只是一場夢，她，還沒被槍決。

為什麼還不槍決？

『妳這案子因為備受社會關注，審理判決速度都加快，但是，
法律規定死刑犯一審過後，還得上訴到最高等法院。』律師告訴
季穎。

『為什麼還要再上訴？為什麼不乾脆讓我死呢？』她真的找
不到一個活下去的理由。

爬下床，踱到馬桶旁，她在垃圾桶邊取出一小截斷了的美工
刀片，那是她昨天在草地上拾獲的。季穎執著刀片，奮力往自己

的手腕畫下一刀又一刀、一刀又一刀……

　　再一次睜開眼，依然沒看到天堂或牛頭馬面，只有一瓶吊得半高的點滴滲流著透明液體。

　　『一四五八，再過幾天就要上訴，妳不要再做傻事了。』典獄長的臉，印在季穎逐漸清晰的眼瞳中，『還有，醫生說妳已有了六個月的身孕，為了肚子裡的孩子，可別再輕生了！』

　　『孩子？六個月？』

　　怎麼可能？她的孩子不是早就流掉了？只有那晚，陳昆豪死的那晚——

　　『一四五八，義工孫先生來看妳了。』

　　孫曜文狂喜地握住季穎的手。

　　『季穎，恭喜妳！這是個幸運的孩子，他一定會幫妳免除死刑的。』

　　季穎撫著微微隆起的小腹，仍有些不敢置信。

　　孫曜文啪地跪了下來，『嫁給我！我會請求獄方讓我們在獄中舉行婚禮，而且，律師告訴過我這次勝訴的機會很大，我相信，

再過幾年我們就可以團聚了。』

　　季穎震驚地盯著孫曜文，在他的眼中，季穎看到了熊熊的烈焰，汪瑞德和陳昆豪向她求婚時眼底也都有過這種火焰。她曾以為只有那麼熾熱的火才足以溫暖她寒透了的心，如今她明白了，太狂烈、太佔有的愛，容易灼傷人，不能用來取暖。

　　『讓我和妳、還有孩子一起合組一個溫馨的家，好嗎？』

　　『不，我不會嫁給你，也不要再依靠男人了。靠男人用愛豢養，只會讓我變成愛的寄生蟲。』季穎堅決道：『你說得對，我是個需要大量愛的人，但是我想通了，我可以失去一切，但是，我再也不要失去自己。我為什麼要向男人索求愛呢？我想學著愛自己，還有——我的孩子。』

　　酗愛情？她可以戒掉的，不是嗎？

　　撫著肚子，季穎轉頭望向窗外。

　　窗外，天空好藍、好藍，棉花糖般的雲朵，是天使的臉孔。

當 Love
is
傷心落下，
讓我為你
That word
撐傘

作　　　者　小　彤
責任編輯　呂增娣
美術設計　劉旻旻
行銷企劃　吳孟蓉
副總編輯　呂增娣
總　編　輯　周湘琦

董　事　長　趙政岷
出　版　者　時報文化出版企業股份有限公司
　　　　　　108019 台北市和平西路三段 240 號 2 樓
發 行 專 線　(02)2306-6842
讀者服務專線　0800-231-705　(02)2304-7103
讀者服務傳真　(02)2304-6858
郵　　　撥　19344724 時報文化出版公司
信　　　箱　10899 臺北華江橋郵局第 99 信箱

時 報 悅 讀 網　http://www.readingtimes.com.tw
電子郵件信箱　books@readingtimes.com.tw
法 律 顧 問　理律法律事務所　陳長文律師、李念祖律師
印　　　刷　勁達印刷有限公司
初 版 一 刷　2022 年 10 月 07 日
定　　　價　新台幣 320 元
ISBN 978-626-335-939-0
（缺頁或破損的書，請寄回更換）

當傷心落下，讓我為你撐傘/小彤著. --
初版. -- 臺北市：時報文化出版企業
股份有限公司, 2022.10
面；　公分. --（玩藝）

ISBN 978-626-335-939-0（平裝）

863.57
111014636